dtv

Eine Fahrt Richtung Vergangenheit, nach Bordighera an der italienischen Riviera, dahin, wo der Erzähler in Gedanken schon so oft gewesen ist, ins Hotel Angst – benannt nach seinem Besitzer Adolf Angst, ein Luxushotel der Jahrhundertwende, eine Titanic unter den mondänen Prachthotels dieser Welt. ›Hotel Angst‹ erzählt sowohl die Geschichte dieses magischen Ortes als auch von einer Obsession – denn der Vater des Erzählers träumte davon, das Hotel Angst wieder zu eröffnen.

John von Düffel, geboren 1966 in Göttingen, ist Schriftsteller, Dramatiker und Übersetzer. Zur Zeit ist er als Dramaturg am Hamburger Thalia Theater tätig. Er wurde u. a. mit dem aspekte-Literaturpreis, dem Ernst Willner-Preis, dem Mara Cassens-Preis und dem Nicolas Born-Preis ausgezeichnet.

John von Düffel

Hotel Angst

Bad Vilbel, den 5.8.07

Deutscher Taschenbuch Verlag

Von John von Düffel sind
im Deutschen Taschenbuch Verlag erschienen:
Vom Wasser (12799)
Zeit des Verschwindens (12939)
Ego (13111)
Schwimmen (13205)
Houwelandt (13465)

Ungekürzte, vom Autor neu durchgesehene Ausgabe
Juni 2007
Deutscher Taschenbuch Verlag GmbH & Co.KG,
München
www.dtv.de

Umschlagkonzept: Balk & Brumshagen
Umschlagfoto: Klaus Frahm
Satz: Greiner & Reichel, Köln
Druck und Bindung: Druckerei C. H. Beck, Nördlingen
Gedruckt auf säurefreiem, chlorfrei gebleichtem Papier
Printed in Germany · ISBN 978-3-423-13571-9

Du bist seit Jahrzehnten nicht mehr nach Italien gereist, sondern deinen Eltern und später dem Strom der Touristen nach Spanien und Griechenland gefolgt, in die Türkei, nach Lanzarote und auf die Balearen. Urlaub in Italien, das war Kindheit, Vorpubertät, das waren endlose Stunden auf dem Rücksitz in Unfrieden mit deinem Bruder, Ratespiele, Käsekästchen, umgedrehte Kassetten und immer wieder Reiseübelkeit. Ungute Erinnerungen an die Alpen, an endlose Serpentinen und Paßstraßen in der Schweiz, vermutlich aus der Zeit, als einer der großen Tunnel durch den St. Gotthard oder den San Bernardino noch nicht eröffnet oder vorübergehend geschlossen war. Ewiger Schnee und blitzblauer Himmel beim Erreichen des Gipfelkreuzes, in Sandalen und kurzen Hosen den Souvenirstand gestürmt, Wappen, Wurzelholz und Toblerone, wie mußte sich Hannibal mit seinen Elefanten hier oben gefühlt haben? In Karawanen von Wohnwagen und Bussen Schlangenlinien abwärts, Felsklüfte im Seitenfenster, spärliche Leitplanken zwischen dem Abgrund und dir, ansonsten nur Berg und daneben das Nichts. Dein Bruder, grün im Gesicht, leidet mit geschlossenen Augen und schiefgezogenem Mund, du aber kannst dich nicht losreißen vom Blick in die Tiefe, du willst sehen, wohin du fällst.

Dann endlich Ebene! Wiesen, Felder, weithin ausgerolltes Land, der Po ein Rinnsal unter der Sonne, mehr Flußbett als Fluß. Freudlose Zwischenstops in immer kürzeren Abständen, während der Verkehr so erbarmungslos vorbeidonnert, daß du dein eigenes Wort kaum verstehst, und eben noch warst du ein Teil davon. Der letzte Proviant, schlappe, schwitzende Butterbrote, warme Limonade und das unselige Warten auf den nächsten Halt, aber – merkst du was? – die Luft, das Licht, alles ist anders.

Sie will und will nicht kleiner werden, die Kilometerzahl bis Genua, weißreflektierende Ziffern auf hellgrünem Grund, und immer wieder Maut-Stationen, Millionenbeträge in Lire, knittriges Spielgeld aus dem Fenster gereicht, du hörst die ersten Brocken Restaurantitalienisch aus dem Mund deines Vaters, grazie, prego, Schranke auf! Am Straßenrand Tramper von der traurigen Gestalt, Schilder aus Karton vor der Brust. Einige schlafen im Stehen, andere hocken wie Bettler neben der Fahrbahn, Kopf auf den Knien, Daumen raus, einer betet, doch du hast noch nie ein Auto halten sehen, noch nie erlebt, daß einer von ihnen erlöst wird, Vater, Mutter, Kind, Kind, kommt ein Wagen vollgeladen, einer nach dem anderen, immer dasselbe Bild.

»Das Meer«, hörst du sagen und schreckst aus dem Halbschlaf, in dem du geschwitzt hast, Salz auf der Oberlippe. In der Ferne vages Blau, eine Dunsthaube, kein Wasser, sondern das untere Ende eines vom Himmel gekappten Regenbogens, Hitzeschlieren in der Luft, silberblaue Spiegelungen auf dem Asphalt wie flimmernde Pfützen voraus, Oleander auf dem Mittelstreifen, blühende Büsche, die hängenden Gärten der Küstenautobahn, und immer wieder Tunnel, lange Tunnel, kurze Tunnel, Tunnel durch Weinberge, Tunnel durch Klippen und karges Gestein. Tunnellängenraten ist die einzige Beschäftigung, die dir und deinem Bruder bleibt. Selbst bei Geröllhalden und Hügeln, die man nach Ansicht des gemeinen deutschen Autofahrers einfach hätte wegsprengen können, haben die Maut-Betreiber Schilder mit Tunnelnamen und Längenangaben aufgestellt, so als würden sie weder Kosten noch Mühen scheuen für eine harmonische Verbindung von Natur und Autobahn.

Dein Vater, nach zehn, zwölf Stunden am Steuer um Jahre gealtert, nimmt an den Verhandlungen über Hunger, Durst und Waffeleis nicht teil. Er starrt auf die Straße, als müßte er das Gestrichel der Fahrbahnmarkierungen entziffern. Im Wechsel mit dem natrongelben Schein der Tunnellampen trifft ihn die gleißende Sonne, ohne daß er eine Miene verzieht. Du siehst sein Gesicht im Spiegel, die hohlen Wangen, bläulichen Bartschatten, die Müdigkeit um seine Augen. Doch er scheint nichts davon zu spüren, er ist auf einen einzigen Punkt konzentriert, ein Mönch im fortgeschrittenen Stadium der Meditation, einsgeworden mit dem Motor, der Bewegung. Er hat seine sterbliche Hülle hinter sich gelassen.

Mit einer sanften Berührung, mit auf der Rückbank kaum hörbaren Einflüsterungen bringt deine Mutter ihn dazu, die nächste Ausfahrt zu nehmen. Die Landschaft verlangsamt, die Stille legt einen anderen Gang ein – nie wieder hatte das Wort »Klopfzahl« eine solche Bedeutung wie damals in eurem VW. Auf engen, gewundenen Straßen geht es hinunter in einen Küstenort kurz vor San Remo. Dein Bruder bekommt sein Schokoladen-Erdbeer-Eis, deine Mutter nimmt aus Liebe zu einheimischen Spezialitäten Pistazie, du bevorzugst »solo« Vanille, zwei Kugeln. Dein Vater will nicht einmal lecken. Er hat einen Zustand absoluter Bedürfnislosigkeit erreicht. Seinen Körper jetzt nähren hieße, ihn wieder zum Leben zu erwecken. Das ist nicht erwünscht. Am liebsten wäre der alte Mann durchgefahren, ohne Halt, so wie du jetzt auf der Straße der Erinnerung, du stoppst nicht einmal in San Remo, obwohl du die allerersten Italienurlaube mit den Eltern dort verbracht hast, bevor es zu schick und zu teuer wurde. Du fährst, ohne zu den Jachthäfen und Motorbootanlegern hinunterzuschauen, weiter in Richtung Vergangenheit, nach Bordighera, dahin, wo du in Gedanken so oft gewesen bist, ins *Hotel Angst.*

▬

Es war der Traum deines Vaters, dieses Grandhotel an der italienischen Riviera, die erste Adresse zu Zeiten der Jahrhundertwende. Sämtliche Größen aus Adel, Politik und Hochfinanz stiegen dort ab. Sogar Queen Victoria hatte damals für eine ganze Saison reserviert. Landauf, landab gab es kein geschichtsträchtigeres Haus: Lazarett im Ersten Weltkrieg, anschließend mit großem Aufwand wiedereröffnet, um den Tod und den Schrecken des Krieges auszutreiben und noch einmal anzuknüpfen an die Blütezeit der Belle Epoque. Dann kam Mussolini, hielt dort Geheimtreffen ab, requirierte den Hotelpalast für die Faschisten, Zweiter Weltkrieg, die Italiener, die Deutschen, die Franzosen, die Engländer, alle haben sie ihre Spuren hinterlassen. Seitdem steht es leer, das *Angst*, als hätte es zu viel gesehen. Im Ort erzählen sich die Alten mit gedämpften Stimmen Spukgeschichten über dieses Geisterhaus, und wer nachts daran vorbei muß, wechselt auf die andere Straßenseite. Dabei war »Angst«, wie dein Vater betonte, der Familienname des Hotelbesitzers, Adolf – oder auch Adolpho –

Angst, ein ehemaliger Kavallerieoffizier aus der Schweiz, der sich in den Kopf gesetzt hatte, die glamouröse große Welt an diesen kleinen Badeort zu locken. Sein Name sollte in den besten Kreisen Europas zum Begriff werden.

Du hast natürlich nie dort übernachtet, unter dem reichverzierten Giebel, auf dem ANGST steht, du bist nie bis auf das Dach des Grandhotels geklettert, auf dem der Namenszug in mannshohen Buchstaben dem Wetter trotzt, und wenn du durch das schmiedeeiserne Tor geschlüpft bist, über das sich dieses Wort wie eine Mahnung erhebt – ANGST mit einem Querbalken unter dem G –, dann mit dem Gefühl, eine Schwelle zu überschreiten in eine andere Welt. Verwaist und unnahbar stand es da, schon damals, als ihr zum ersten Mal in Bordighera ankamt und dein Vater vor dem Hotel hielt, als sei er am Ziel. Das Personal war längst in alle Winde verstreut, und die Gäste, sofern sie noch lebten, genossen den Luxus anderswo an der Riviera.

Doch das Hotel war nicht tot, es war bewohnt von seiner Vergangenheit, erklärte dein Vater mit einem Leuchten in den Augen, das wie Stolz war. Für ein solches Hotel sind hundert Jahre keine Zeit, sagte er, alle seine Geschichten fingen so an. Und er zeigte dir und deinem Bruder, wie man sie sehen konnte, die besseren Tage, ihr brauchtet euch nur unten auf die Via Romana zu stellen und so lange hinaufzuschauen zu dem majestätischen Hügel, dem Park mit den Palmen, dem prunkvollen, sechsstöckigen Bau, bis der Blick allmählich verschwamm. Dann floß die abblätternde Farbe zu einem leuchtend weißen Anstrich zusammen, die zerbrochenen Fenster und Fensterläden wurden wieder ganz, und manchmal, nachts, kehrte das Licht zurück in die verwaisten Säle und Gemächer, behauptete dein Vater. Aber da schlaft ihr schon, sagte er.

Und jetzt stehst du wieder hier, vor den Toren des *Angst*, älter als dein Vater damals, mit Blick auf die geschwungene Freitreppe, die imperiale Fassade und das pavillonartige Vestibül, das in die Säulenhalle des Hotels übergeht und weiterführt zu den großen Sälen und Salons, zu den Restaurants, dem legendären Bridge-Club, der hoteleigenen Bibliothek und den einhundertachtzig Zimmern und Suiten der Luxusklasse, den ersten an der italienischen Riviera, die ihren Gästen fließend warmes Wasser, Bad und WC sowie eine moderne Zentralheizung zu bieten hatten, wie dein Vater jedesmal hervorhob, obwohl ihr immer im Sommer dort wart und eine Zentralheizung so ziemlich das letzte war, was man brauchte. Es ist Abend. Ein heißer Tag geht zu Ende. Die kleine Stadt schöpft langsam wieder Atem. Von dem verwilderten Palmengarten, den ausgeschlagenen Feigenbäumen, Weinstöcken und Oliven hinter den Mauern des Parks steigt eine milde Süße den Hang herab. In der schwülwarmen, schwülstigen Luft liegt Musik, einzelne Klänge, du denkst an »Tosca«, an Koloraturen, große italienische Oper, dein Vater hätte sofort daran gedacht, doch es kommt nicht aus dem Hotel.

Aber vor hundert Jahren, also vor fast keiner Zeit, wie dein Vater meinte, hättest du auf einer der palmenüberschatteten Terrassen die deutsche Kaiserin im Gespräch mit Marschall Moltke sehen können, die Prinzen von Hohenzollern, Großfürst Cirillo von Rußland und etwas weiter im Hintergrund den belgischen König neben den ranghöchsten Kurgästen des britischen Empire, dem halben House of Lords und deren Ladies. Dein Vater kannte sich aus in diesen Dingen, er wußte zu erzählen, daß die Engländer und nicht die Deutschen den Italientourismus erfunden hatten, sehr, sehr britische Aristokraten, Fabrikanten, Geschäftsleute mit ihrem Gefolge, Kindermädchen, Hauslehrern, Dienstboten, die sich wie die eigentlichen Gastgeber fühlten, wenn das internationale Publikum von Frankreich her zu den hoteleigenen Veranstaltungen strömte, den rauschenden Ballnächten im Bridge Club, den großen Konzerten im Festsaal, den Abendgesellschaften, über die alles sprach von Nizza bis Alassio. Auf der Freitreppe das Defilee der vornehmen Gesellschaft, die oberen Zehntausend, deren Kommen und Gehen von den Klatsch- und Gesellschaftsreportern des dreisprachigen Bordighera-Journals verfolgt wurde genauso wie von den englischen, französischen, italienischen und deutschen Tageszeitungen, die auf Neuigkeiten aus den Fürstenhäusern lauerten. Man glaubt es kaum, pflegte dein Vater seine Aufzählungen bedeutender Gäste zu beenden, wieviel Europa im *Hotel Angst* ein- und ausging, vor dem Ersten Weltkrieg.

Dein Vater war fasziniert von dieser Zeit. Doch du erinnerst dich, daß dir immer ein bißchen unheimlich zumute war, wenn er euch die alten Fotografien zeigte, Damen in weißen Reifröcken und Rüschen, Herren mit Frack und Zylinder, unbewegliche Mienen mit wechselnden Bart- und Hutmoden, Menschen, deren historische Bedeutung du nicht kanntest, die es aber im Stillhalten zu äußerster Meisterschaft gebracht haben mußten, denn nie war einer von ihnen verwischt oder verwackelt. Unmöglich zu sagen, ob du mit ihnen hättest leben können, mit diesem Maß an Steifheit und Strenge. Doch was für diese Gesellschaft sprach, für all die gekrönten und ungekrönten Häupter Europas, die sich im *Hotel Angst* ein letztes Mal hochleben ließen, war ihre Vergänglichkeit. Sie feierten ihre Ballnächte und Diners am Abgrund der Zeit und schienen insgeheim darum zu wissen, so wie sie sich in Positur warfen vor dem Kameraauge der Ewigkeit. Sie wußten schon damals, daß sie eigentlich nicht mehr existierten, sondern so etwas waren wie Gespenster zu Lebzeiten, die sich noch einmal versammelt hatten für einen letzten körperlosen Tanz im Spiegel des Verschwindens. Das *Hotel Angst* war ihre Titanic, es war die Herrlichkeit und Weihe ihres Untergangs, es war das Wrack, mit dem sie langsam, aber unausweichlich in die Tiefe sanken, auf den Grund der Vergangenheit, von dem es heute noch aufragt bis in unsere Zeit, eine Titanic des Festlands, erhaben in ihrem Unheil, glamourös in ihrem Verfall. Und so steht das Hotel noch immer da, der untergegangene Traum einer Epoche, und macht dem Namen *Angst* heute vielleicht mehr Ehre denn je.

Du hättest deinem Vater gerne erzählt, was für ein Gefühl es war, mit deinem Bruder heimlich durch das Tor zu schlüpfen und dich im Schutz der wildwuchernden Palmen und Büsche bis an die Freitreppe heranzuschleichen, geduckt weniger aus Furcht vor argwöhnischen Nachbarn als vor den vielen toten Augen, mit denen das Hotel auf dich herunterschaute. Es war wie auf dem Grund des Meeres, wie das Eintauchen in die Unterwasserwelt einer versunkenen Zeit. Aber du hattest weder die Worte noch den Mut, es ihm zu sagen.

Statt dessen stehst du da, betäubt von Stille. Die Tosca-Koloraturen, wenn es sie je gegeben hat, sind verstummt, alles klingt dumpf, gedämpft, wie eingeschneit unter der lautlos herabrieselnden Dämmerung, während du noch immer an der Via Romana wartest, du weißt nicht, wie lange, du weißt nicht, worauf. Keine Passanten, kaum Verkehr, nur ein dreirädriger Transporter fährt vorbei, Gerümpel auf der Ladefläche, das Radio laut aufgedreht, arabisch-orientalische Klänge, halb Gesang, halb Gebetsruf, mit deinen Ohren stimmt was nicht, alles wird lauter, je weiter es sich entfernt, du warst zu lange unterwegs.

Du warst nicht bei ihm, als er starb. Deine Mutter und dein Bruder hatten dich zwei Stunden zuvor abgelöst. Doch sie sagten, er sei sanft entschlafen, wie man das so sagt, er habe friedlich ausgesehen. Letzte Worte, einen Hilferuf oder ein verzweifeltes Aufbäumen habe es nicht gegeben. Er sei mit geschlossenen Augen gestorben, sagten sie, und du hast keinen Grund, daran zu zweifeln.

Die Tage und Nächte davor, jedesmal, wenn du aus dem Zimmer gingst, war dir, als könnte es das letzte Mal gewesen sein, daß du ihn lebend siehst. Du hattest fest damit gerechnet, und trotzdem traf dich die Endgültigkeit mit voller Wucht. Du wirst ihn nicht mehr lebend sehen. Aber was hieß das schon, zuletzt.

Es war nicht leicht, in dem bleichen, abgemagerten Körper, der so verschwindend wenig Raum einnahm unter den weißen Laken, deinen Vater zu erkennen. Doch es gab

Augenblicke, in denen er wieder da zu sein schien. Manchmal, wenn er den Kopf auf dem Kissen ein kleines Stück zur Seite wandte, ähnelte er sich für einen Moment. Es war, als würden sich seine Gesichtsmuskeln erinnern. Und morgens, wenn du die Vorhänge aufzogst und die Sonne ins Zimmer schien, hatte er nicht selten einen beinahe schelmischen Zug um den Mund, kein Lächeln, dazu reichte die Kraft nicht, sondern eine Art höheren Humor, eine weltabgewandte, überirdische Heiterkeit.

»Morgen ist auch noch ein Tag«, sagte eine Greisin draußen auf dem Korridor, als du vorübergingst. Sie klang nicht bitter.

Das letzte Mal, daß du ihn nicht nur lebend sahst, sondern auch spürtest, war zwei Tage vor seinem klinischen Tod, als eine Schwester kam, die ihn umbettete, und du ihr zur Hand gingst. Während sie die Laken wechselte und glattstrich, hieltest du seinen Oberkörper. Er war so schmächtig und zerbrechlich – ein kleiner Junge mit uralter Haut. Du hattest dich an seine geschlossenen Augen und sein leeres Gesicht dermaßen gewöhnt, daß du einen Schreck bekamst, als er auf einmal zu dir aufschaute. Es war kein Entsetzen in seinem Blick, auch kein Schmerz, nur diese Verwunderung, als wollte er dich fragen, »wie geschieht mir?« Darauf warst du nicht vorbereitet. Er weiß von nichts, schoß es dir durch den Kopf, das Entsetzen war ganz auf deiner Seite. Du wolltest nicht derjenige sein, der ihm beibringen muß, daß er stirbt. Reflexartig schautest du zu der Schwester hinüber, die mit ihrer Routine fortfuhr und deine Verunsicherung nicht bemerkte. Doch dein Vater ließ dich nicht aus den Augen, erstaunt wie ein Kind und genauso vertrauensvoll.

»Ja«, sagtest du halblaut, in beschwichtigendem Tonfall, »ja, ja.« Du wußtest im Moment keinen besseren Trost. Doch du wolltest Stärke zeigen, Festigkeit, obwohl es dir die Eingeweide umdrehte, denn es war dein Kinderblick, mit dem er dich ansah, und seine Zuversicht, die du ihm zurückgeben mußtest, wenigstens zum Schein. »Hab keine Angst.«

Es wird Zeit, sich etwas für die Nacht zu suchen, eine kleine Pension am Capo San Ampelio oder ein Hotel am Bahnhof, der einem Kurhaus gleicht mit Blick aufs Meer, keine hundert Meter vom Wasser entfernt. Der Schienenstrang zu beiden Seiten säumt die Küste der Riviera, eine Bilderbuchstrecke, du erinnerst dich an einen Familienausflug vor Jahrzehnten, Strandrundfahrt nannte es dein Vater und deine Mutter lachte, sie hörte gar nicht mehr auf und steckte euch mit ihrem Lachen an, ohne daß ihr wußtet, warum. Doch im Unterschied zu früher, als die Norditalienische Eisenbahn Touristen aus aller Welt nach Bordighera brachte, wart ihr die einzigen Fremden im Zug, neben Pendlern, Bauern und Marktfrauen, die über deinen Bruder und dich schmunzelten, als würdet ihr sie an etwas erinnern, so wie ihr die Nasen an die staubigen Zugfenster drücktet, um nach Motorbooten, Wellen und Wellenbrechern Ausschau zu halten. Als wäre das, was ihr seht, schon nicht mehr da.

Du stellst den Wagen auf dem Bahnhofsparkplatz ab und orientierst dich an Geschäften und Schildern, die sich nicht mehr ähneln. Vage sind deine Erinnerungen an die zweit- und drittklassigen Pensionen, in denen ihr damals abgestiegen seid, sie waren alle gleich, gleichermaßen stickig, gleichermaßen schäbig, ein Labyrinth aus abgewetzten Läufern, knarrenden Treppen, engen, ächzenden Fahrstühlen, die Zimmer wie Dachkammern mit alten, zusammengestückelten Möbeln, verschlossenen Schränken und schweren, nach Mottenpulver riechenden Vorhängen, ein lastendes, schlecht gelüftetes Schattenreich, in das ihr euch regelmäßig zurückziehen mußtet, vertrieben von der Mittagshitze und dem in der Sonne glühenden Sand.

Die kleine Stadt hat sich an den Durchgangsverkehr gewöhnt. Die Fassaden der Geschäfte sind geschwärzt von Dieselruß und Korrosion, die Passanten auf den schmalen

Bürgersteigen heben nicht einmal den Kopf, wenn neben ihnen ein LKW vorbeidonnert. Du erkennst die Wege von früher kaum wieder, die du gegangen bist, wie um zu bleiben. Die meisten Straßennamen kommen dir bekannt vor, aber vielleicht bildest du dir das bloß ein. Nur an das Wörtchen »marode« erinnerst du dich genau, die Lieblingsvokabel deiner Mutter für den Zustand vor und nach dem Mittagsschlaf: »Marode« von Sonne und Salz gingt ihr nach dem Essen aufs Zimmer, »marode« krocht ihr unter festgesteckte Laken, dünnes, Kühlung verheißendes Leinen, unter dem man lag wie aufgebahrt, so daß du unweigerlich anfingst, es krauszuziehen und dich nach Kräften freizustrampeln, was auch keine Linderung brachte. »Marode« hast du dich jeden Mittag hin und her gewälzt, neben dir der seufzende Atem deines kleinen Bruders im Halbschlaf, draußen immer wieder Taubengurren, Flügelschlagen auf dem Fensterbrett, dunkle Stimmen im Flur, Wasserprasseln von einer nahegelegenen Dusche, und ganz entfernt der weißrauschende Saum der Brandung, den du dir am liebsten über den Kopf gezogen hättest, diesen luftigen Stoff aus Stille, Seewind, Meeresschaum. Doch selbst wenn es dir gelang, deinem klebrigen Körper ein Schnippchen zu schlagen und in den Schlaf zu entfliehen für eine aus dem Tag gefallene halbe Stunde, selbst wenn dich das Gewäsch der Wellen irgendwann davontrug, rätselhaft und unentwirrbar wie ein Fiebertraum, so viel war sicher: Du würdest »marode« wieder aufwachen.

Unbewohnbar war die Welt von eins bis nachmittags. Das konnte man nicht ändern, nur hinnehmen. Es war eine der Lehren dieses Landes, daß es keinen Sinn hatte, gegen die Hitze, gegen den Stillstand unter der Sonne aufzubegehren. Alles ging vorüber.

Nur dein Vater zeigte unermüdlichen Elan und legte eine Geschäftigkeit an den Tag, die sogar der Mittagshitze trotzte. Während sich der marode Rest der Familie nach dem Essen aufs Zimmer verzog, trank er genüßlich einen Espresso, rauchte eine seiner nach Harz und Lakritze riechenden Urlaubszigaretten und machte sich an die Arbeit. Er saß auf überschatteten Terrassen, in nahegelegenen Cafés, an den Tischen im Spiel- oder Speisezimmer, zeichnete und vergaß die Zeit. Die filterlosen Zigarettenstummel auf seiner Untertasse waren nicht selten zu grauschwarzen Aschewürmern verbrannt. Euer Vater träumt mit offenen Augen, wiederholte deine Mutter ihren immergleichen Scherz.

Doch wenn du noch halb benommen von Schlaf oder Schlaflosigkeit die Treppe herunterkamst, trafst du ihn häufig im Gespräch mit anderen Männern, aufgeregt gestikulierend in gebrochenem Englisch oder Französisch. Dein Vater schien überhaupt keine Ruhe zu brauchen, anders als in Deutschland, wo er meist müde und abgespannt nach Hause kam, nicht gestört werden wollte und fast den ganzen Abend schwieg. Damals hat es dich nicht weiter gewundert, warum er ausgerechnet in den Ferien dermaßen umtriebig war und einen Tatendrang entfaltete, den du von ihm nicht kanntest. Du nahmst einfach an, daß er so die vielen Stunden ausfüllte, die er sonst außer Haus war.

Heute weißt du, daß er nirgends so lebendig war wie hier.

Er arbeitete als Statiker in einem kleinen, aber angesehenen Architektenbüro. Nach seiner Ausbildung zum Bauingenieur hatte er davon geträumt, selbst Architektur zu studieren und ein eigenes Büro zu eröffnen. Doch das wäre auf weitere Jahre ohne festes Einkommen hinausgelaufen, und zu diesem Zeitpunkt hatte er bereits Familie – du warst schon auf der Welt, dein Bruder war unterwegs. Also entschied sich dein Vater für das Verläßliche und Berechenbare. Er nahm eine gut bezahlte Stelle als Statiker an, steckte seine Ambitionen zurück und begnügte sich mit einem Dasein als Autodidakt und Hobby-Architekt. Seither gehörte es zu seinen Lieblingsbeschäftigungen, vor dem Sonntagsausflug ins Grüne regelmäßig größere Umwege durch die Stadt zu fahren, um seiner Familie die Objekte zu zeigen, die er zwar nicht erdacht und entworfen, wohl aber durchgerechnet hatte. Er war nicht immer einverstanden mit Stil und Gestaltung, vieles hätte er anders gemacht, aber daß diese Bauten so standen und stehenbleiben würden, die nächsten hundert Jahre, dafür garantierte er. Er war zuständig für Stabilität, nicht für Schönheit.

In Italien dagegen nannte man deinen Vater vom ersten Tag an »dottore« und konsultierte ihn in sämtlichen architektonischen Fragen. Er war Baumeister, Historiker und Visionär in einer Person, ein anerkannter Spezialist für Materialien und Bodenbeschaffenheit, ein intimer Kenner der verschiedensten Baustile und Epochen, ein gewiefter Ingenieur, dem nichts zu schwer war. In Italien – für die Dauer von vier Wochen Sommerurlaub – war dein Vater sein eigenes Büro. Wenn er nicht über Entwürfen und Bauzeichnungen saß, wenn er nicht mit Investoren, Bauherren und Behördenvertretern sprach, wenn er, was selten genug vorkam, einfach nur am Strand saß, dann mit einem Fachwörterbuch auf den Knien.

Wahrscheinlich hatte deine Mutter deswegen so lachen müssen, als er die ganze Familie zu einer »Strandrundfahrt« überreden wollte. Dein Vater akklimatisierte sich immer am schnellsten von allen und war meist schon nach drei, vier Tagen ledrig braun, obwohl er die ganze Zeit nur im Schatten saß und mit den Italienern um die Wette diskutierte. Wenn es ihm zu heiß wurde, stellte er sich mit seinen Gesprächspartnern bis zu den Hüften ins Wasser und redete weiter. Aber er badete nie.

Es war klar, daß es ihm nicht darum ging, für sich und seine Familie ein hübsches, abgeschiedenes Plätzchen am Meer zu suchen, abseits der öffentlichen Badestrände mit ihren Liegestuhl- und Sonnenschirm-Batterien. Er hielt Ausschau nach einer möglichen Privatbucht für das *Hotel Angst*.

Mit einer Mischung aus Nostalgie und grimmiger Entschlossenheit nimmst du ein Zimmer im Hotel Centro direkt am Bahnhof, obwohl das »Bordighera« ein paar Meter weiter stadteinwärts deutlich besser aussieht und noch dazu den Namen des ersten Hotels trägt, das Adolf Angst zusammen mit einem Geschäftsfreund hier eröffnete. Erst nachdem es bei dem großen Erdbeben 1887 zerstört wurde und sein Kompagnon die Stadt verließ, setzte Angst alles auf eine Karte und holte aus zu seinem entscheidenden Coup: Binnen Jahresfrist ließ er den prunkvollsten und größten Hotelpalast bauen, den die italienische Riviera je gesehen hatte. Nichts sollte an ihn heranreichen, nichts kam ihm auch nur nahe! Und genau so dachte dein Vater. Für ihn gab es kein akzeptables Hotel neben dem *Angst*.

Im nachhinein ist dies die einzig mögliche Erklärung für seinen schlechten Geschmack bei der Wahl eurer Sommerunterkünfte. Sparsamkeit, wie man deinem Bruder und dir weismachen wollte, konnte der Grund nicht gewesen sein. Auch ein vergleichsweise junger Bauingenieur mit zwei Kindern verdiente noch immer genug, um sich in Italien Mitte der siebziger Jahre ein vernünftiges Hotel leisten zu können. Außerdem schaute dein Vater sonst nicht aufs Geld. Da ihn die wenig abwechslungsreiche Pensionskost langweilte, ging er bald täglich mit euch essen und lud fast jedesmal Gäste dazu ein. Dein Vater kannte die besten Restaurants in der Gegend, aber er wollte kein schönes Hotel. Mit seinen Plänen, Träumen und Gedanken lebte er bereits im wiedereröffneten *Angst* – so sehr, daß er die schäbigen, beengten Zimmer, in denen ihr Jahr für Jahr abstiegt, kaum wahrnahm.

Auch du siehst hinweg über die dunklen Haare im Waschbecken, läßt die Schränke geschlossen und packst nur deine Papiere aus, auf der Suche nach der Nummer von Klaus Fechner. Du hättest ihn auch von Deutschland aus anrufen können, aber Fechner lebte schon so lange in Italien und Südfrankreich, daß man sich mit ihm nicht Tage und Wochen im voraus verabredete. Er machte keine Termine, er kam vorbei.

Fechner war ein Schul- und Studienfreund deines Vaters, wenn auch nur vorübergehend. Ihre gemeinsame Schulzeit nahm ein abruptes Ende, weil er mit einer Waffe aus Wehrmachtsbeständen das Fenster des Klassenzimmers zerschoß, als der Direktor gerade zur Tür hereinkam. Ihre gemeinsame Studienzeit war bereits nach anderthalb Semestern vorbei, weil Fechner die Fachhochschule beinahe ausschließlich der Mensa wegen besuchte. Und doch verband die beiden eine lebenslange Freundschaft. Dein Vater war nach all den Jahren immer noch stolz darauf, daß Fechner sich von niemand anderem als ihm die zweihundert Mark geliehen hatte, mit denen er sich nach Italien durchschlug. Dort begann er als Assistent eines windigen Immobilienmaklers, den er nach nur zwei Jahren vom Chefsessel stieß. Als er deinen Vater drei Jahre später mit einem Rolls-Royce von seiner Diplomprüfung abholte, war die Legende von Klaus Fechner geboren.

Für deinen Bruder und dich wurde er so etwas wie der reiche Onkel aus Amerika, ein Abenteurer, der mit den engen, reglementierten Verhältnissen daheim nicht zurechtkam, aber auf der freien Wildbahn des internationalen Geschäftslebens instinktsicher agierte und rasend schnell zu Geld kam. Nur lag sein Eldorado nicht im Westen, sondern im Süden. Es war genau die Zeit, als die Schickeria aus München, Frankfurt und Hamburg die Toskana entdeckte, und Klaus Fechners Immobilienfirma verdiente als eine der ersten vor Ort bei fast allen deutsch-italienischen Transaktionen mit. Seine Millionendeals, seine Anwesen, Autos und Frauengeschichten wurden im Kreise der Familie andächtig immer wieder und weiter erzählt. Denn es schien, als hätte nicht viel gefehlt und auch dein Vater wäre wie an seiner Stelle Millionär geworden – er hätte nur seine Ausbildung abbrechen und etwas weniger anständig sein müssen.

In deinem Vater und seiner rechtschaffen normalen Familie hatte Klaus Fechner seine treuesten Bewunderer, und er genoß es offensichtlich, euch zu beeindrucken. Keine Fahrt nach Italien, auf der ihr nicht eingeladen wart, bei ihm »vorbeizukommen«. Mal zeigte er euch ein fürstliches Stadthaus in Stresa, das er zusammen mit dem angrenzenden Feinschmeckerlokal sein eigen nannte, mal führte er euch über den irreal grünen Rasen eines Achtzehn-Loch-Golfplatzes, der sich über die sanfte Hügellandschaft der Toskana erstreckte. Fechner wechselte die Wagen wie die Hemden. Heute kam er mit einem Ferrari, morgen mit einem Porsche Carrera, Jaguar oder Mercedes Coupé. Wenn ihr zum Abendessen ausfuhrt, nahm er meistens deinen Bruder und dich mit, wie um euch zu zeigen, was ein richtiges Auto ist. Deine Eltern zuckelten in eurer Familienkutsche und gebührendem Abstand hinterher.

»Ein Schnäppchen«, sagte Fechner, als er euch eigenhändig zu einer der borromäischen Inseln im Lago Maggiore hinüberruderte, die er samt Park und Palazzo erworben hatte. Es war ein Bilderbuchschloß mit einer imposanten Empfangshalle, Lüster, Putten, Exzessen aus Stuck, an den Wänden Bilder von Prinzessinnen und Fürsten sowie dem Teufelsgeiger Paganini, der dort eine Zeitlang residiert hatte. Du schliefst schlecht vor lauter Luxus in dem weißen, seidenweichen Himmelbett unter einem von Goldfransen gesäumten Baldachin. Die ganze Nacht über hörtest du das Gelächter deiner Eltern aus den unteren Gemächern, wo sie mit Klaus Fechner die vorzüglichsten Weine des Hauses verköstigten. Dein Bruder stand im Morgengrauen schlafwandelnd zwischen schweren Samtvorhängen am Fenster und murmelte Phantasieitalienisch vor sich hin, auch er fühlte sich wie ein Fremdkörper in dieser feudalen Herrlichkeit. Es war zuviel für euch beide. Doch du erinnerst dich noch immer an die stille, dunkeläugige Haushälterin, die deinen Bruder und dich bediente, als ihr am nächsten Morgen traumverloren in die Halle kamt. Mit unsagbarer Geduld servierte sie euch ein nicht enden wollendes Frühstück und brachte dir den ersten Cappuccino deines Lebens. Deine Eltern und Klaus Fechner waren eben erst zu Bett gegangen.

Du erwischst ihn im Auto, irgendwo zwischen Nizza und St. Paul de Vence, wo er seit Jahren eine Villa hat. Zwischen kurzen, digital zerhackten Sätzen hörst du ihn hupen und fluchen, sein Fahrstil hat sich offenbar in all den Jahren nicht verändert. Im Straßenverkehr – und vermutlich nicht nur dort – stand Fechner über dem Gesetz, das ließ er jeden spüren, der ihm in die Quere kam. Geschwindigkeitsbegrenzungen, Überholverbote, rote Ampeln galten nicht für ihn. Auch nach zwei Flaschen Wein raste er noch ohne Gurt und schlechtes Gewissen durch die Gegend – unter den nachsichtigen Augen der Carabinieri, die ihn mit einem unterwürfigen Nicken grüßten, wenn er geruhte, sie zur Kenntnis zu nehmen.

Am Telefon klingt er ein bißchen müde, fast gebrochen. Vielleicht ist er, der ewig Jugendliche, trotz seiner von Mal zu Mal jüngeren Begleiterinnen alt geworden, vielleicht liegt es auch nur an der Verbindung. Wie immer hat er wenig Zeit, besteht aber darauf, dich sehen zu wollen, »Beileid übrigens«, fügt er hinzu. Du nennst ihm die Adresse des Hotels, in dem du übernachtest, er kennt den Bahnhof, selbstverständlich, aber nicht die Absteige, das wäre unter seiner Würde, doch er sagt, er kommt vorbei.

Durch Klaus Fechner rückte der Traum von einer Wiedereröffnung des *Hotel Angst* mit einem Mal in den Bereich des Möglichen. Es waren eure sechsten oder siebten Sommerferien in Italien, als dein Vater den Spieß umdrehte und seinen geschäftstüchtigen Schulfreund nach Bordighera einlud, um ihm ein Objekt zu zeigen, das größer und gewaltiger war als alles zuvor.

Einen halben Tag marschierten die beiden durch den verwilderten Hotelpark, erwehrten sich der herrenlosen Hunde, deren Revier das *Angst* geworden war, schritten das Grundstück ab, machten Fotos und inspizierten die Bausubstanz. Der Zustand des Gebäudes war damals schon, vor mehr als fünfundzwanzig Jahren, desolat. Sämtliche Fensterscheiben in Reichweite waren eingeworfen, die heruntergelassenen Jalousien lösten sich aus den Halterungen. Das Dach war an mehreren Stellen abgedeckt, morsche Balken ragten in den blauen Himmel, auf den Treppen und Zwischengeschossen herrschte Einsturzgefahr. Hinzu kamen Diebstahl und mutwillige Zerstörung. Alles, was sich irgendwie zu Geld machen ließ, war nach und nach weggeschafft worden: Marmorplatten, Fliesen, Türen, Armaturen. Die kostbaren sechs Fresken der Maler Piana und Nestel an den Wänden des Empfangssalons im Ostflügel waren mit Sprüchen und Kritzeleien beschmiert. Mitten im Ballsaal befand sich eine Feuerstelle, umgeben von den Müll- und Kleiderresten derer, die hier kampiert hatten. Die hohe, stuckverzierte Decke war schwarz von Ruß und Rauch.

Das Ergebnis dieser Hausbesichtigung war ernüchternd: Von dem historischen Bau würde sich bei einer Sanierung kaum mehr als die Fassade erhalten lassen, und auch das nur mit erheblichem Aufwand. Jeder andere hätte sich von einem solchen Befund entmutigen lassen. Nicht so dein Vater. Im Gegenteil, sein Enthusiasmus schien mit dem Ausmaß der Schwierigkeiten zu wachsen, so als reize ihn gerade das Phantastische, Unglaubliche dieser Aufgabe. Er, der unter seinen Freunden und Kollegen stets als kühler, besonnener Rechner galt, brannte für dieses Projekt. Er war wie verwandelt.

In bester Laune erzählte er euch beim Abendessen, Klaus Fechner schätze die Kosten für die Instandsetzung des Hotels auf einen »deutlich zweistelligen« Millionenbetrag. Doch während deine Mutter erblaßte, schwärmte er weiter von der grundlegenden Modernisierung, die dadurch möglich sei – schließlich habe auch Adolf Angst seinerzeit auf modernsten Komfort, auf die neueste Ausstattung und Technik größten Wert gelegt. Er sei der erste gewesen, wiederholte sich dein Vater einmal mehr, der seinen Gästen eine zentrale Warmwasserversorgung und Heizung geboten habe sowie einen elektrischen und einen elektro-hydraulischen Fahrstuhl, und das zu einer Zeit, da man in den meisten Luxushotels noch Treppen laufen mußte.

Als sich deine Mutter vorsichtig erkundigte, woher denn das Geld in »deutlich zweistelliger« Millionenhöhe kommen solle, sah er sie für einen Augenblick entgeistert an.

»Darum kümmert sich Fechner«, antwortete er fast ein bißchen ärgerlich, »deswegen habe ich ihn ja ins Boot geholt.«

An der Reaktion deiner Mutter konntest du ablesen, wie wenig ihr klar gewesen war, daß es ein solches »Boot« überhaupt gab.

Von diesem Augenblick an war es nicht mehr derselbe Italienurlaub. Die Begeisterung deines Vaters für Bordighera und das berühmteste Hotel dieser Stadt verlor ihre Unschuld, ihre Harmlosigkeit. Bisher hatte seine fortwährende Beschäftigung mit Plänen, Blaupausen und Skizzen an die Detailverliebtheit eines Modelleisenbahners erinnert – das änderte sich schlagartig. Ab sofort war das *Hotel Angst* nicht länger das Steckenpferd eines Hobby-Architekten, es wurde zur Bedrohung.

Deine Mutter beruhigte sich und euch mit dem Gedanken, daß Klaus Fechner niemals Geld in ein »Faß ohne Boden« stecken würde, wie sie das Hotel neuerdings nannte. Fechner schien ihr indirekt recht zu geben, indem er auf seine scherzhaft joviale Art von der »größten Bruchbude der Riviera« sprach, was darauf hindeutete, daß er das Vorhaben deines Vaters nicht sonderlich ernstnahm. Vielmehr sah es so aus, als würde er sich nur pro forma nach finanzkräftigen Investoren umhören und ein paar Absagen sammeln, um am Ende nicht derjenige zu sein, an dem die Sache scheiterte.

Aber konnte man sich darauf verlassen? Hatte nicht gerade Fechner eine ganze Reihe riskanter Bauvorhaben realisiert, verfallene Gutshöfe in kostspielige Feriendomizile verwandelt, Märchenschlösser in alter Pracht und Herrlichkeit wiedererstrahlen lassen, allesamt Ruinen, für die niemand auch nur einen Groschen geben wollte? Bestand seine Stärke nicht genau darin, sich radikal von seiner Phantasie leiten zu lassen und Träume in Angriff zu nehmen, die andere für nicht machbar hielten?

Fechner war zu allem fähig, und da deine Mutter nicht ausschließen konnte, daß er vielleicht schon morgen mit einer Investorengruppe in Bordighera auftauchte, versuchte sie verzweifelt, deinen Vater zur Raison zu bringen. Doch sooft sie ihn auf das »Faß ohne Boden« ansprach, so eindringlich sie ihn davor warnte, sich und die Familie nicht in den Ruin zu stürzen, das Ergebnis war jedesmal dasselbe. Dein Vater verharrte einen Moment lang in höchster gedanklicher Anspannung, so als müßte er im Kopf die Wurzel aus einer astronomischen Zahl ziehen, nur um deiner Mutter dann entgegenzuhalten, daß auch

Adolf Angst vor fast hundert Jahren sein Hotel aus dem Boden gestampft habe, als alles dagegen zu sprechen schien. Nach dem Erdbeben lag sein erstes Hotel in Schutt und Asche, sein langjähriger Kompagnon hatte Hals über Kopf die Stadt verlassen, er war auf sich allein gestellt und besaß kaum mehr als seinen Anteil der Versicherungssumme. Jeder, den Angst damals in seine Pläne einweihte, erklärte ihn für verrückt, und dennoch ... dennoch!

Es war hoffnungslos. Dein Vater ließ sich von keinem Argument beirren. Er wehrte die Zweifel und Bedenken deiner Mutter nicht nur ab, sondern wandelte sie um in eine immer energischere Überzeugung. Alles, was gegen das Hotel sprach, sprach dafür.

▬

Für deine Mutter wurden sie zu einem Alptraum, diese sechsten oder siebten Sommerferien in Italien. Deinen Vater gab sie verloren, zumindest für die Dauer eures Bordighera-Aufenthalts. Zu Klaus Fechner ging sie auf Distanz und lachte nicht mehr über seine Witze. Nur deinen Bruder und dich wußte sie auf ihrer Seite. Doch auch das wurde anders, als Fechner, der nun häufiger vor Ort zu tun hatte, seine beiden Töchter aus erster Ehe in eurer Pension einquartierte.

Es waren zwei Wesen aus höheren Sphären – mit Namen, wie du sie nur von Yachten oder Segelbooten kanntest. Yvonne und Yvette lebten die meiste Zeit des Jahres bei ihrer Mutter in Genf, ihren Vater sahen sie nur in den Ferien und nannten ihn beim Vornamen. Doch nicht nur deshalb kamen sie dir so überirdisch erwachsen vor. Die beiden waren knapp ein Jahr älter als du beziehungsweise dein Bruder, aber sie unterhielten sich ausschließlich über Dinge, von denen du nichts verstandest: Kleider, Kosmetik, Kunst und Musik. Mit keinem der Sänger, Maler und Designer, deren Namen ihnen wie selbstverständlich über die Lippen kamen, konntest du etwas anfangen. Wenn sie über ihre Freunde oder Verehrer reden wollten, wechselten sie in eine der vielen Fremdsprachen, die du nicht beherrschtest.

Yvonne und Yvette wohnten und aßen mit euch in derselben Pension, aber nicht auf demselben Niveau. Sie hatten vorbildliche Manieren, benutzten immer das richtige Besteck und bewältigten selbst die kompliziertesten Speisen – Spaghetti, große Salate, frutti di mare – scheinbar mühelos und ohne zu kleckern. Deinem Bruder und dir stand vor Staunen der Mund offen. Ihr wart noch halbe Kinder, sie waren zwei junge Frauen mit langen rotblonden Haaren, einem strahlenden Lächeln und einem Ausdruck göttlicher Herablassung, wann immer »Klaus« sie ermahnte, sich ein bißchen mit euch zu beschäftigen. Damit nicht genug, daß sie Mensch-ärgere-dich-nicht und andere Albernheiten mit euch spielen mußten, sie ließen deinen Bruder und dich zu allem Überfluß auch noch gewinnen – eine größere Demütigung gab es nicht.

Zeitig vor dem Abendessen gingen die beiden auf ihr Zimmer, zogen sich fast eine Stunde lang um und schwebten dann wie verwandelt die Treppe herunter, Geschöpfe von feenhafter Eleganz und Leichtigkeit. Du wußtest natürlich, daß Frauen sich schminken, doch Yvonne und Yvette stellten sich keineswegs so plump und ungeschickt an wie manche deiner frühreifen Klassenkameradinnen. Sie trugen nie zu dick auf, sondern verzauberten sich beinahe unmerklich für die Nacht, die auf einmal mehr verhieß als Essen, Toben, Schlafengehen. Mit Yvonne und Yvette wurde die Nacht ein anderes Land.

Es kam dir jedesmal vor wie eine Szene, die du geträumt oder im Kino gesehen hattest, wenn Klaus Fechner mit einem seiner Firmenwagen vorfuhr, um seine Töchter zum Abendessen abzuholen – natürlich durften sie bei ihm mitfahren, während ihr wieder auf der Rückbank eurer Familienkutsche Platz nehmen mußtet, die nach den Gleitflügen in Fechners Luxuskarossen langsamer wirkte denn je. Ihr traft immer erst bei den verabredeten Restaurants ein, wenn er und seine schönen Töchter bereits an ihren Aperitifs nippten. Noch heute siehst du sie so vor dir – jung, unsterblich, ahnungslos –, wie sie in einen lindgrünen Bentley einsteigen, Kleidersäume raffen, Haarsträhnen zurückstreichen, während ihr Vater für sie Chauffeur spielt, ihnen den Wagenschlag aufhält und wartet, bis sie es sich auf den fabrikneuen Ledersitzen bequem gemacht haben. Dann verschwinden sie hinter getönten Scheiben, Fechner umrundet den Wagen, dieses Objekt aller Begierden, seine kostbare Fracht, und rast los.

Es ist dir peinlich, daß dies einmal ein Traum von dir gewesen sein soll.

Doch auch ohne das Drumherum von Reichtum und Luxus bekamst du zu spüren, wie hoch die Fechner-Töchter über dir standen. Es genügte ein Spaziergang über die Promenade nach zehn, wenn sie alle aus ihren Behausungen kamen, die Aufgedonnerten und die Vornehmen, die Hungrigen und die Satten, herausgeputzte Italiener und legere Touristen, Familien mit Kindern, engumschlungene Paare und Alleinstehende auf Partnersuche. Nur zu gut erinnerst du dich an die heißen Schauer der Beschämung, wenn ihr vier »Kinder« nach dem Abendessen losgeschickt wurdet, um euch »auf Bordigheras sündiger Meile zu amüsieren« – ein Scherz, den Fechner niemals ausließ, wenn er mit deinem Vater zu einer angeblich geschäftlichen Besprechung in die nächste Bar aufbrach und deine Mutter sich »marode« auf ihr Zimmer verabschiedete.

Sogar deinem kleinen Bruder war klar, daß Yvonne und Yvette mit euch wenig Vergnügen haben würden. Sie waren nicht eure Freundinnen, sondern allenfalls eure Babysitter. In luftig duftigen Tüll und bunte Tücher gehüllt, mit ihren langen, sonnengebräunten Beinen in silbernen, halbhohen Riemchensandalen stolzierten sie voran, während euch nichts anderes übrig blieb, als mit gesenkten Köpfen hinterdreinzutrotten. Nur dann und wann hielt dein Bruder kurz inne, um heruntergefallene Lire-Münzen aufzulesen – er konnte es nicht lassen. Unterdessen drehten sich die Männer reihenweise nach euren Begleiterinnen um. Doch keiner schien bei ihnen eine Chance zu haben. Yvonne und Yvette straften die meisten ihrer Bewunderer mit Nichtbeachtung. Schmachtende Blicke, provozierende Pfiffe ignorierten sie mit fast schon grausamer Gelassenheit. Wenn aber jemand aufdringlich wurde und sie ansprach, zeigten die beiden, daß sie nicht auf den Mund gefallen waren. Sie machten sich über abgedroschene Komplimente genauso lustig wie über gewollt originelle Anmachen und wußten immer den besseren Spruch, ob Italienisch, Französisch, Englisch oder Deutsch. Auch wenn das nächtliche Schaulaufen mit Yvonne und Yvette eine Qual war, ihre Bosheiten machten dich glücklich.

Natürlich wart ihr, dein kleiner Bruder und du, keine ernstzunehmende Konkurrenz für all jene halbwüchsigen

Beaus und gutbetuchten Kavaliere, die den Fechner-Töchtern nachstellten: dunkeläugige Italiener mit Pomade im Haar und weißen, flatternden Hemden, amerikanische Sonnyboys mit weizenblonden Wuschelköpfen und Windsurferbräune, Franzosen in Motorradkluft und ältere deutsche Herren, die sie mit Gratisdrinks an ihre Tische locken wollten. In den Augen dieser balzenden, buhlenden Männerschar wart ihr nicht nur keine Rivalen, sondern gar nicht vorhanden. Über deinen Kopf hinweg wurden den beiden Schwestern Blumen gereicht, Geschenke und Telefonnummern zugesteckt. Der eine oder andere versuchte sogar, dich über sie auszufragen und als Boten für seine schlüpfrigen Anträge zu mißbrauchen. Dir fiel nie die passende Bemerkung ein, und wenn, dann Stunden später, doch du zogst jedesmal dein strengstes, verächtlichstes Gesicht.

Yvonne und Yvette brauchten dich nicht als Beschützer, sie konnten ohne weiteres auf sich selbst aufpassen. Die beiden genossen das Spiel mit dem Feuer, und es schien, als könne ihnen nichts geschehen, da sie vor nichts und niemand Angst hatten. Kein einziges Mal, auch in bedrohlichen Situationen, hast du sie anders als furchtlos erlebt. Offenbar liebten sie es, von allen Seiten bewundert, begehrt und bestürmt zu werden. Doch mehr noch liebten sie ihre Unnahbarkeit.

Einen Ausdruck, der ihnen von jungen Italienern auf

knatternden Vespas immer wieder nachgerufen wurde, hattest du dir eingeprägt, um ihn im Wörterbuch deines Vaters nachzuschlagen. Wie du mit einem Kopfschütteln feststelltest, war die Bedeutung »stolze Gazelle« – ein typisch italienischer Tiervergleich. Aber es stimmte, Yvonne und Yvette waren zwei stolze Gazellen: zu stolz, um vor irgendwem wegzulaufen.

Sicher kränkte es dich – mehr als deinen kleinen Bruder –, von niemandem auf der Straße für voll genommen zu werden. Doch wenn die Schmach des Schaulaufens vorüber war und du in deinem Bett lagst, tröstete dich der Gedanke, daß Yvonne und Yvette im Nebenzimmer unter den gleichen dünnen Laken schliefen und du morgen beim Frühstück als einziger den Abdruck des Kissensaums auf ihren Schläfen entdecken würdest. Gerade weil du kein »richtiger Mann« warst, sondern nur ein Junge, eine halbe Portion, konntest du ihnen, den Unerreichbaren, näher sein als alle anderen, vielleicht sogar am allernächsten.

In deinen Träumen leiteten du und dein Bruder das *Hotel Angst* zusammen mit Yvonne und Yvette. Die beiden empfingen die herbeiströmende Prominenz aus ganz Europa, dein Bruder war Chefkoch und du Geschäftsführer. In der Nacht, wenn sich die meisten Gäste auf ihre Zimmer zurückgezogen hatten, wenn das hoteleigene Restaurant schloß, der Festsaal gewischt und der Frühstückssalon für den nächsten Morgen eingedeckt wurde, standest du mit deinem Bruder zusammen und blicktest zurück auf den Tag, stolz und rechtschaffen müde. Manchmal nahmt ihr noch einen Schlummertrunk an der Bar und überhörtet mit einem Ohr die späten Gespräche der Geschäftsleute, jener schlaflosen, einsamen Wölfe auf ihrer ewigen Pirsch. Sie alle träumten von Yvonne und Yvette. Die beiden Schwestern waren das Aushängeschild des Hotels, sie standen für sein Niveau, seine besondere Klasse. Viele Gäste, das wußtet ihr, kamen nur ihretwegen, doch sie alle fuhren auch wieder. Nur du und dein Bruder, ihr bliebt.

Am nächsten Vormittag ist ganz Bordighera von Sonne geflutet. Du hast tief und traumlos geschlafen. Von der langen Fahrt brummt dir der Schädel, Katergefühle, aber nichts, was mit zwei Aspirin und einem Schluck Kaffee nicht wieder in Ordnung zu bringen wäre. Ohne Frühstück verläßt du das Hotel und trittst auf die Piazza della Libertà, vor dir das Bahnhofsgebäude, in deinem Rücken Motorengeräusche von der Via Vittorio Emanuele, die der Verkehr schon wieder erobert hat. Unter dem Vordach des Bahnhofs werden Obst und Gemüse verkauft. Du atmest tief ein, in

Erwartung des Aromas frischer Tomaten, Pfirsiche und grüner Bohnen, doch du riechst nur Sommer. Es ist Juli, aber mild und keineswegs so glühend heiß wie in deiner Erinnerung. Ein leichter Wind weht vom Meer her, auf den Hängen wiegen sich die Palmen wie im Schlaf.

Während der Hinfahrt war in den Nachrichten von Hitzerekorden die Rede, vierzig Grad in Turin, Wasserknappheit, Dürre und drohende Mißernten. Doch in Bordighera ist nichts davon zu spüren. Ein paar kleine Wölkchen hängen über den Gebirgszügen, dekorativ, aber bedeutungslos, Regen ist nicht zu erwarten. Laut Wettervorhersage wird hier die 30-Grad-Marke nicht überschritten.

Du schlenderst die wenigen Meter vom Bahnhof zum Meer. An einem Tag wie heute hat die Promenade all ihren Schrecken verloren. Kurz kommt sie dir vor und unsagbar harmlos. Palmen, Parkbänke, Brunnen, Verkaufsstände, Hüpfburgen und Kinderspielplätze säumen den glatten, bei Skatern beliebten Asphalt. Das also soll er gewesen sein, dein Leidensweg von einst, die Bahn deines nicht enden wollenden Spießrutenlaufs durch die Bedeutungslosigkeit? Auf der Meerseite reihen sich nach wie vor Restaurants und Cafés aneinander, die auf Stelzen über den schmalen Strand bis ans Wasser gebaut sind. Dort saß seinerzeit das zahlende Publikum, das durch dich hindurchsah. Jetzt trinken hier betagte Damen Kaffee, Kinder mit tropfnassen Badeshorts scharen sich um eine Eistheke, und aus Pappe gestanzte Küchenchefs empfehlen auf Tafeln Mittagsmenüs zum Aktionspreis.

Nicht einmal achthundert Meter sind es bis zum Capo San Ampelio und dem Ende deiner Alpträume, über die du genauso zu lächeln gelernt hast wie über die Luftschlösser von damals. Du steigst die verschlungenen Pfade des Kaps hinauf, dieses reichbegrünten Vorgebirges, dessen Aussichtsplattform inzwischen ein großer Parkplatz ist. Ein exotischer Baum mit schlangengleichen Ästen und einer Rinde wie Eidechsenhaut spendet Schatten. Den »Affenbrotbaum« habt ihr ihn früher genannt, doch du bezweifelst, daß es damit seine botanische Richtigkeit hat.

Von der Piazza del Capo aus siehst du den weißen Turm der Villa Garnier, benannt nach ihrem Erbauer, dem Architekten der Pariser Oper, der sich als einer der ersten großen, ruhmreichen Fremden in Bordighera niederließ, auf der Suche nach einem Zufluchtsort vor den Unruhen der Pariser Kommune und getrieben von der Sehnsucht nach Gesundheit für sich und seinen lungenkranken Sohn. Damals existierte nur das kleine, wehrhafte Fischerdorf oberhalb des Hafens mit seinen massiven Stadtmauern und engen Toren, eine Burg der armen Leute auf dem Rükken des blühenden Kaps. Bordighera, wie es heute steht und liegt, war nur ein weitläufiger, wilder Garten.

Charles Garnier kaufte, soviel er konnte, von dem Land, das er für das Paradies auf Erden hielt. Er war wie vernarrt in diesen fruchtbaren, vom Klima begünstigten Boden, auf dem alles wuchs, Wein und Oliven, unzählige Palmenarten und seltene Orchideen, Mediterranes und Tropisches in einem üppigen, überbordenden Durcheinander. Nach und nach handelte er den Fischern ihre Parzellen ab und baute sich in klösterlicher Abgeschiedenheit die weiße Villa mit ihrem hoch aufragenden Turm, der dem Anwesen etwas Sakrales verlieh, nur daß er nicht spitz zulief, sondern gekrönt wurde von einer mausoleumsgleichen Kuppel, einem Schrein oder Totenhaus, von wo aus man den besten Blick hatte über das Kap, die Küste Arziglias und die sich wölbende Weite des Meeres. An klaren Tagen konnte man von dort oben bis nach Korsika sehen.

Lange rätselten die Bewohner von Bordighera alta über diese »weiße Kirche der Stille«, die nicht läutete und niemanden zu sich rief, zu keiner Zeit. Auch dein Vater ließ jedesmal die Frage im Raum stehen, was es damit auf sich habe, bevor er seine Zuhörer belehrte, daß dieser Turm für den Sohn des Architekten gebaut worden sei, einen hinfälligen, aber hochbegabten Jungen, der an Tuberkulose litt und dessen Bruder bereits gestorben war. Wenn man genau hinschaue, erklärte er mit dem Gleichmut des Experten, könne man dies deutlich erkennen. Es sei eine offene

Konstruktion mit fensterlosen Bögen, großen Wandausschnitten und wenigen tragenden Säulen, kein Wach- oder Kirchturm also, sondern ein Turm der Lüfte und Winde. Dort oben habe der kränkelnde letzte Sprößling der Garniers seine Lungen kräftigen und wieder zu Atem kommen sollen. Doch während dein Vater auf weitere Details und Besonderheiten im Werk seines berühmten Kollegen hinwies, überkam dich jedesmal ein Gefühl der Beklemmung: Du sahst nicht die stilistischen Feinheiten, sondern den bleichen, schwindsüchtigen Jungen hoch oben auf seinem Turm, allein, mit offener Hemdbrust und pfeifenden Lungen. In deiner Vorstellung fror er unentwegt, obwohl es warme, südliche Winde gewesen sein müssen, die ihn umwehten, während er, auf die Brüstung gestützt, vor sich hin röchelte und stundenlang in die Ferne schaute. Es war die herrlichste Aussicht weit und breit, aber auch der Gipfel der Einsamkeit.

Dir kam der Turm immer vor wie ein Gefängnis im Himmel.

Derweil lobte dein Vater die jodhaltige Meeresluft, ihre heilsame, medizinisch erwiesene Wirkung und das ausgesprochen milde Klima, dessen sich Bordighera das ganze Jahr über erfreute, weshalb Garnier mit seiner Familie insbesondere während der Wintermonate in der weißen Villa Quartier bezog. Von dort aus unternahm er zahlreiche Abstecher zu seinen Baustellen von Paris bis Nizza, zwang sich aber zwischenzeitlich immer wieder selbst zur Ruhe, da es auch mit seiner eigene Gesundheit keineswegs zum Besten stand.

Mit einer gewissen Bewunderung sprach dein Vater von der Krankheit des Architekten. Charles Garnier litt an einer schweren Neurasthenie. Ausgerechnet ihm, einem der größten Baumeister seiner Zeit, zitterte oft der Blick so sehr, daß er Menschen und Gegenstände nur zur Hälfte wahrnahm oder Passanten mit dem Kopf nach unten gehen sah. Mal traf ihn ein stechender Schmerz in Form eines Lichtblitzes zwischen den Augen, mal zwang ihn ein heftiger Schlag vor den Kopf abrupt stillzustehen oder brachte ihn sogar zu Fall. Dabei legte dein Vater Wert auf die Feststellung, daß er das Nervenleiden Garniers mit sämtlichen Wahrnehmungsstörungen und Wirklichkeitsverzerrungen nicht für ein Hindernis hielt, sondern für eine notwendige Bedingung seines Schaffens. Wenn er so redete, kam dir dein Vater unsterblich vor.

Vielleicht wäre er gerne ein zweiter Garnier geworden, vielleicht fühlte er sich ihm, zumindest in Bordighera, sehr nah. Neben der Liebe zur hiesigen Landschaft, zu ihrer Luft, ihrem Licht, verband sie die Unfähigkeit, Urlaub zu machen. Charles Garnier, der vielleicht mehr als irgend jemand sonst Erholung nötig gehabt hätte, konnte alles, nur nicht nichts tun. Auch an den Tagen seiner selbstverordneten Klausur in der weißen Villa legte er keineswegs die Hände in den Schoß, sondern widmete sich seinem prächtigen Palmengarten, der Aufzucht einer unerschöpflichen Artenvielfalt und anderen kleinen Wundern der Botanik auf diesem begnadeten Fleckchen Erde. Garnier hatte seine größte Sehnsucht in dem Idyll am Capo San Ampelio Gestalt werden lassen, seinen Traum von Ruhe und Genesung, aber er fand sie nicht.

Zudem war es mit der Beschaulichkeit in Bordighera bald vorbei. Die Anwesenheit eines so berühmten Mannes an einem so kleinen, unbedeutenden Ort blieb nicht lange unbemerkt. Garnier wirkte wie ein Magnet auf Reisende und Reiche. Englische Touristen kamen von weither, um sich das schwebend weiße Bauwerk oberhalb der Küstenlinie anzusehen. Mäzene und Architekturliebhaber waren von der Vorstellung fasziniert, sich in der Nachbarschaft des Meisters einen ähnlichen Ruhesitz errichten zu lassen. Und nicht zuletzt unter den Angekränkelten und Erholungsbedürftigen sprachen sich die Vorzüge des milden Klimas schnell herum. Sie alle träumten den zarten, zerbrechlichen Traum der Abgeschiedenheit, die sie zerstörten.

Garnier wurde zu einem Pionier wider Willen, er hatte die Stille gesucht und den Lärm der großen Welt angelockt. Hin- und hergerissen zwischen Einsiedelei und Tatendrang baute er an der Via Romana eine zweite Villa – eine Kopie seines Hauses, nur prunkvoller, prächtiger, reicher verziert – für den jüdischen Bankier Raphael Bischoffsheim, mit dem das Geld nach Bordighera kam. Und damit die Eisenbahnstation. Und mit ihr ein gewisser Adolf Angst, Kavallerieoffizier a. D. Nur sieben Jahre nach der Fertigstellung von Garniers weißer Villa baute Angst in Bordighera sein erstes Hotel.

Lange Zeit ließ dich dein Vater in dem Glauben, Charles Garnier habe auch das *Hotel Angst* entworfen, und sicher wäre die Geschichte damit rund gewesen. Aber die Wirklichkeit sah anders aus. Als Adolf Angst 1887 nach dem großen Erdbeben den Bau seines Hotelpalastes forcierte, stand Garnier nicht zur Verfügung. Vielleicht war ihm die Zeit zu knapp, vielleicht hatte er anderweitig zu tun. Doch heute hältst du es für wahrscheinlicher, daß Angst und Garnier, der Hotelier und der Architekt, so etwas wie Gegenspieler waren, keine Feinde, die sich öffentlich bekriegten, dafür hatten sie beide einen zu guten Ruf zu verlieren, aber Widersacher im Verborgenen. Denn mehr denn je bist du davon überzeugt, daß Garnier seinen Traum von Einsamkeit und Einkehr niemals aufgegeben hat, obwohl er selbst wie kein zweiter zum Ruhm von Bordighera beitrug. Nach Vollendung der Villa Bischoffsheim baute er noch die Sternwarte von Nizza und das Theater in Monte Carlo, doch in Bordighera selbst huldigte er vor allem der Stille: Er entwarf die Kirche Terrasanta, deren Einweihung er nicht mehr erlebte, und kümmerte sich mit großer Hingabe um die Restauration der Pfarrkirche Maria Maddalena, in der seine Frau täglich für die Gesundheit ihres Sohnes betete. Adolf Angst dagegen hatte weltlichere Dinge im Sinn. Auch er schätzte die Exklusivität dieses einst so stillen Städtchens, seine landschaftliche Schönheit und die Heilkraft seines Klimas, doch er verkaufte sie.

In der Altstadt mit ihren Wehrgängen und Gewölben findest du eine kleine Trattoria und trinkst einen Espresso im Stehen. Du willst Klaus Fechner nicht verpassen und streichst den Gedanken an ein Frühstück, obwohl mit ihm vor eins, halb zwei kaum zu rechnen ist. Er müßte sich auf seine alten Tage ziemlich untreu geworden sein, wenn er nun schon am Vormittag zu seinen Hausbesuchen aufbrechen würde. Es gehört zu den Legenden um deinen »reichen Onkel aus Italien«, daß er nicht einmal früh aufstehen mußte, um Geld zu verdienen. Vielleicht hat er deshalb deinen Vater überlebt.

Du spazierst eine Weile durch die engen Gassen. Das

alte Bordighera hat sich in all den Jahren kaum verändert, es ist noch immer eine Festung mit dicken Mauern, verstrebten, verwachsenen Bauten, keine separaten Häuser, sondern ein einziges Gehäuse, in dem die Wege und Zwischengänge so schmal und verschwiegen sind wie Hausflure. Ausgetretene Treppen, gewelltes, verwittertes Pflaster, die Zeit hat hier einen anderen Gang. Viele dieser Steine sind schon seit sechs, sieben Jahrhunderten an ihrem Platz. Doch es ist ein freundliches, mediterranes Mittelalter, das dich umgibt, Fassaden mit hellem, ockerfarbenem Anstrich und salbeigrünen Fensterläden, Hauseingänge voller Küchengerüche, Kindergeschrei und dem zahnlosen Gelächter der Greise.

Seit dein Vater tot ist, siehst du unentwegt alte Männer, ganz Bordighera ist voll davon. In den Bars, auf den Bänken, an den Tischen vor den kleinen Cafés, wo du auch hinschaust, überall sitzen friedliche Alte mit wettergegerbten Gesichtern, schrundigen Händen und Faltennestern um die Augen, das Kinn auf den Gehstock gestützt, im Gespräch miteinander oder in der Sonne dösend. Warum leben sie, fragst du dich unwillkürlich, und warum mußte dein Vater sterben – ein Gedanke, für den du dich schämst.

Die Sonne blendet, als du aus den verschatteten Gassen auf die Piazza Padre Giacomo Viale trittst, den zentralen Platz des Örtchens gleich neben der Franziskanerkirche, kaum größer als ein Volleyballfeld. Auf einmal wirkt das einstige Fischerdorf wie eine Kulisse: das Postamt mit seinem auf die Häuserwand gemalten Schild, die Casa di Riposa San Giuseppe, ein Seniorenstift mit Bettwäsche in den Fenstern, die Souvenir- und Tabakläden mit ihren votivgabenartigen bunten Postkarten. In Bordighera alta spielt seit Jahrzehnten immer derselbe Film. Und seine Bewohner, Statisten und Kleindarsteller tragen in sich die Ruhe und Gewißheit, daß sich an ihrem Leben niemals etwas ändern wird und daß sie, wenn sie sterben, nichts versäumen.

Dabei war dieses Dorf schon aus der Zeit gefallen, als sich zu seinen Füßen das neue Bordighera ausbreitete, eine Stadt der Touristen und Ruheständler, geprägt von fremden Sehnsüchten, importierten Träumen und den Gepflogenheiten anderer Länder: Die teuren Geschäfte an der Via Vittorio Emmanuele wiesen ihre Preise in Pfund aus, es gab eine englische Bank, einen Schneider aus London und einen Apotheker aus Wales.

Durch das Westtor gelangst du direkt auf die Via Romana, die Schloßallee im Monopoly der Reichen und Rentiers, geadelt durch die historischen Grundfesten der Via Aurelia, auf der schon die römische Armee zur Weltherrschaft marschierte, gesäumt von den Villen, Winterresidenzen und Hotels, die Bordighera gegen Ende des neunzehnten Jahrhunderts den Ruf eines der vornehmsten Winterkurorte Europas einbrachten. Hier befindet sich das Palais Ihrer Exzellenz, der Königin Margherita von Savoyen, die zunächst in der Villa Bischoffsheim wohnte, doch schon bald soviel Gefallen an der Gegend fand, daß sie sich hier einen eigenen Wintersitz errichten ließ in einer Reihe mit den übrigen wohlsituierten Anliegern der Via Romana.

Nur wenige Meter weiter, auf der gegenüberliegenden Straßenseite, steht die Villa des Botanikers Charles Bicknell, der sich wie viele Lords und Gentlemen der englischen Oberklasse nach einer erfolgreichen Karriere, überhäuft mit akademischen Ehren, im neuen Bordighera niederließ, wo er sich einen Namen als Stifter und Wohltäter machte, Vorträge hielt, ein Museum mitsamt Bibliothek aufbaute und der interessierten Öffentlichkeit eine der größten Schmetterlingssammlungen der Region hinterließ. So waren sie nahezu alle, die nach Bordighera kamen: keine grausamen, ausbeuterischen Kolonialherren, die der Landbevölkerung, den einheimischen Fischern und Tagelöhnern ihre billige Arbeitskraft abpreßten, um ihnen dafür die »Segnungen der Zivilisation« zu bringen, sondern friedliebende, wohltätige Kulturmenschen, altersmild, aber noch immer erfüllt von einem missionarischen Bildungsauftrag. Die sogenannte englische Kolonie, die sich hier ansiedelte, bestand überwiegend aus älteren Damen und Herren, Liebhabern der Natur und der Kunst, die Konzerte besuchten und manchmal auch gaben, Bücher lasen, literarische Salons abhielten, Gesprächszirkel organisierten und lehrreiche Exkursionen unternahmen. Es war gewiß nicht das Paradies, aber ein denkbar angenehmer Ort, um seinen Lebensabend bei bestem Wetter, gutem Essen und gepflegter Unterhaltung zu verbringen.

Früher hast du dich immer gewundert, warum diese Herrschaften sich fast ausschließlich den Winter über in Bordighera aufhielten. Natürlich waren Strandurlaub und Sommerferien damals noch nicht in Mode. Statt Bronzeteint galt das Ideal der vornehmen Blässe, Sonnenschirme fehlten bei keinem Spaziergang. Es gab sogar eine Antwort darauf, was die Wintergäste von Bordighera mit den Unmengen von Zeit anfingen, die sie nicht halbnackt am Strand verbrachten: Sie wanderten, gärtnerten, malten und kultivierten all jene liebgewonnenen Gewohnheiten, die auch daheim zu ihren Privilegien zählten. Für sie bedeutete die Ferienzeit im Ausland nicht mehr und nicht weniger als eine Fortsetzung ihres kulturellen und gesellschaftlichen Lebens unter freundlicheren Bedingungen.

Inzwischen findest du den Gedanken an eine Urlaubssaison im Winter keineswegs mehr so abwegig, weniger abwegig jedenfalls als den sommerlichen Kollektivdrang, die gemäßigten Klimazonen Nordeuropas ausgerechnet dann zu verlassen, wenn es dort am erträglichsten ist, um gen Süden zu ziehen. Es ist wahrlich nicht heiß an diesem Julitag in Bordighera, Palmen und Pinien werfen gefächerte Schatten, der Wind vom Meer hat etwas aufgefrischt. Und dennoch scheint die Vorstellung verlockend, die Milde und Sanftheit dieser zwischen Orient und Okzident oszillierenden Landschaft dann zu erleben, wenn im Norden die tristeste Jahreszeit herrscht: hier zu sein während der Olivenernte im Spätherbst, der Zitronenblüte im Dezember oder im Vorfrühling, wenn die Anemonen, Mandeln und Mimosen blühen. Vielleicht verbringst du den nächsten Jahreswechsel hier?

Auch du wirst älter, wetterfühliger und kannst mittlerweile die Flucht vor dem Winter verstehen. Es ist kein solches Mysterium mehr, weshalb das *Hotel Angst* seine Pforten immer erst Anfang November öffnete und Ende Mai die letzten Gäste entließ. Doch der Gedanke an die andere Hälfte des Jahres kommt dir noch immer unheimlich vor. Im Sommer, bei herrlichstem Badewetter, stand der Hotelpalast leer.

Von Juni bis Oktober war Bordighera, selbst in seiner besten Zeit, eine Geisterstadt. Nur die Schwalben nisteten in den prächtigen Giebeln und Dachfirsten der Villen und Grandhotels, aufgestört allenfalls von den Handwerkern und Gärtnern, die sich um die Parkanlagen kümmerten, deren sommerliche Schönheit niemand sah. Für die Schwalben hat sich auch das neue Bordighera in hundert Jahren nicht verändert, es war immer schon tot. Anfang November, wenn die elegante Wintergesellschaft in ihre Domizile zurückkehrte und das gesellschaftliche Leben des neuen Bordighera begann, waren sie schon wieder fort.

Nicht allen von Bicknells Landsleuten ist die Verbindung von heimatlicher Tradition und mediterraner Leichtigkeit geglückt. Manchen Villen sieht man den rustikalen englischen Landhausstil allzu deutlich an. Hier und da erheben sich düstere, klobige Steinhaufen gegen den Hang, deren mit Burgzinnen bewehrte Dächer die urenglische Botschaft verbreiten: »My home is my castle«. Das bevorzugte Baumaterial ihrer Besitzer war Granit.

Doch dafür stehen ihre Häuser noch immer und trotzen der Zeit. Die meisten sind gut erhalten, weil auch das Geld größtenteils in der Familie blieb. In den seltensten Fällen waren die Eigentümer verschwenderische Aristokraten, sondern umsichtige Privatiers, die ihr selbst erwirtschaftetes Vermögen klug verwalteten und weitervererbten. Geblieben sind überall an den Hängen, von Palmen umstanden und Bougainvilleen umrankt, die Villen der Reichen, die auch in ihren Träumen Realisten waren.

Wo nicht, wo Hoteliers und Fürsten das Leben im großen Stil fortführten, wo man leichtsinnig oder auch selbstherrlich genug war zu glauben, daß die alte Aristokratie nach den Gewittern des Ersten Weltkriegs wieder zu ihrem familiären Umgang, zu den Läßlichkeiten des Unter-sich-Seins zurückkehren und Europa wieder heil werden würde, wo man die Zeichen der Zeit nicht sah oder nicht sehen wollte, da brach sie um so gnadenloser über Bauwerke und Besitzer herein. Zwei Jahrzehnte lang tat Bordighera so, als könnte es den Ersten Weltkrieg vergessen machen. Es war verliebt in seine Vergangenheit, zelebrierte sie wider besseres Wissen und ließ eine Gesellschaft hochleben, die es längst nicht mehr gab. Bisweilen konnte der schöne Schein von Landschaft, Luxus und Hochkultur in den zwanziger, dreißiger Jahren noch darüber hinwegtäuschen, daß die Welt sich verändert hatte und das Leben in dieser Idylle museal geworden war. Doch wer nicht nur Urlaub machte in der Illusion des Immer-Noch, wer auf sie vertraute und seine Existenz darauf gründete, dem drohten Bankrott und Ruin.

Nichts wurde, wie es einmal war. Viele Hotels, viele berühmte Familien der Stadt gingen langsam an der Wahrheit zugrunde, die sich irgendwann auch hier, im Garten

Eden der Vergangenheit, nicht mehr leugnen ließ. Sie kapitulierten schließlich vor dem Haß und der Feindseligkeit des Friedens, vor dem erbitterten Nationalismus und der Nähe der Zivilisation zur Barbarei. Bicknell, Angst und Bischoffsheim – all diese kultivierten, hochbetagten Herren und jene, die nach ihnen kamen, konnten sich bald nur noch ihre Ohnmacht eingestehen, während die Geschichte über sie hinwegging.

Du folgst der Via Romana hangabwärts, ohne dich länger vor der Villa Bischoffsheim aufzuhalten, Garniers zweitem Meisterwerk in dieser Stadt und für viele die eigentliche Sehenswürdigkeit. Doch dir fallen weniger die Ähnlichkeiten als die Unterschiede zu seiner eigenen Villa auf. Der Schnitt beider Häuser ist weitgehend identisch, aber sie entspringen nicht demselben Traum. Die kunstvoll verzierten Simse und Sockel, die Mosaike und Marmorintarsien im Eingangsbereich, die Friese aus bunten Kacheln – all das wirkt kostspieliger, opulenter und weniger streng. Die Bankiersvilla erinnert nicht an eine Kirche, sondern an einen Bazar, prunkvoll und überladen, mit ihrem repräsentativen Portal, das sich der Welt und der Straße zuwendet, nicht von ihr abkehrt zum Meer. Auch scheint der Turm niedriger, irdischer, als wäre er vor allem für diejenigen gemacht, die auf dem Bürgersteig stehen und zu ihm aufblicken, nicht für den einsamen Betrachter, der von hoch oben hinunterschaut auf ein Paradies, das für ihn immer nur ein Bild bleiben wird. Dieser Turm ist kein Himmelsgefängnis, sondern ein Ausrufezeichen des Wohlstands und der Diesseitigkeit vor einer Villa, die sich durch Sammelleidenschaft zur Kunst erhebt. Wo Garniers erstes Bauwerk eine Sehnsucht war, ist das zweite eine Liebhaberei.

In Nachbarschaft dazu stehen in verblüffend dichter Folge die alten, vier- oder fünfstöckigen Hotelgebäude, die aussehen wie Nachahmungen oder Miniaturen des *Angst* – nicht von demselben Geist, demselben Größenwahn beseelt, sondern bescheidener, vorsichtiger und familiärer. Doch auch die weniger berühmten Häuser derer, die damals keine Phantasten waren, haben den Hotelbetrieb seit langem eingestellt. Fast alle wurden verkauft und zu Apartmenthäusern umfunktioniert, »Condominions«, mit integriertem Wäsche- und Reinigungsservice, Tag- und Nachtportier und einem eigenen medizinischen Bereitschaftsdienst. Überwiegend ältere Leute wohnen hier, einige das ganze Jahr über, andere wie in Erinnerung an die gute alte Zeit nur im Winter. Es sind ausdrücklich keine Altersheime, auch wenn der eine oder andere Komplex die Vorzüge eines »betreuten Wohnens« bietet. Geworben wird vielmehr mit allem, was Bordighera auch in seiner Blütezeit zu bieten hatte: dem milden Klima, der gesunden Luft, den medizinisch erwiesenen Wohltaten für Asthmatiker, Rheumakranke und andere Kurbedürftige. Nur daß dieser Ruf nicht mehr den oberen Zehntausend gilt, die sich solche Leiden schon vor hundert Jahren leisten konnten, sondern den in Ehren ergrauten Mittelständlern von heute.

Nach den elenden, dürftigen Nachkriegsjahrzehnten schwappte im Laufe der achtziger Jahre die nächste Welle von Senioren nach Bordighera, Rentner, die nach dem Krieg viel gearbeitet und einiges zur Seite gelegt hatten, mäßige Träumer, die vor allem eines wollten: ihre Ruhe. Klaus Fechner hatte auch hierfür den sprichwörtlich richtigen Riecher. Nach anderthalb Jahren vergeblicher Investorensuche kam er mit einer neuen Finanzierungsidee amerikanischer Prägung. Er legte deinem Vater ein Konzept zur kompletten Renovierung und Sanierung des *Angst* vor – nur eben nicht als Hotel, sondern als Komplex von kleineren und größeren Eigentumswohnungen, die von den jeweiligen Interessenten schon im Entwurfsstadium erworben und mit dem vorgestreckten Kapital fertiggestellt werden sollten. Das war 1980, Fechner war seiner Zeit wieder einmal einige gewinnbringende Jahre voraus. Erste Sondierungsgespräche verliefen vielversprechend. Es schien nicht nur, als könnte er fast das gesamte Hotel im voraus verkaufen, es war sogar abzusehen, daß sich damit viel Geld verdienen lassen würde, sehr viel Geld.

Doch dein Vater sagte nein. Er sagte es nicht nur auf Anhieb, sondern auch nach den zwei Tagen Bedenkzeit, die Fechner ihm gegeben hatte. Also setzten sich die beiden noch einmal zusammen, gingen die Sache in allen Einzelheiten durch und rechneten »mit spitzem Bleistift«, wie es hieß. Ihre Sitzung begann am Nachmittag und dauerte bis in die frühen Morgenstunden. Es muß viel Alkohol geflossen sein in jener Nacht, jedenfalls kam dein Vater nicht zurück in die Pension, wo ihr unruhig auf eine Entscheidung oder auch nur auf ein Lebenszeichen von ihm wartetet. Als ihr am nächsten Morgen, noch immer ratlos, zum Baden gingt, lag er neben einem zugeklappten Sonnenschirm auf einer Liege am Strand – in voller Montur. Nur einen Schuh hatte er unterwegs verloren, den linken, der unauffindbar blieb, die Brandung mußte ihn davongetragen haben. Es dauerte bis Mittag, ehe dein Vater wieder ansprechbar war. Doch als deine Mutter ihn endlich nach einem Bad im Meer und einer kalten Dusche zur Rede stellte, war seine Antwort noch immer dieselbe.

Nein.

Dein Vater blieb dabei, er gab seinen Traum von einer Wiedereröffnung des Hotels nicht preis, auch nicht für eine weitaus profitablere Geschäftsidee. Er wäre vermutlich nie ein guter Architekt geworden, dafür war er nicht wendig, nicht »flexibel« genug, er war Statiker und stur.

Du verstandest damals nicht richtig, worum es bei dem Streit zwischen Fechner und deinem Vater ging. Doch eines wußtest du genau: Ein »Condominion« war so ziemlich das Gegenteil jener geisterhaften Welt des Glamours und der Extravaganz, die sich mit dem *Hotel Angst* verband. Ein solches Leben im Schwebezustand zwischen Lüstern, Spiegeln und Kristallglas hätte zu Yvonne und Yvette gepaßt. Aber ein Apartmentkomplex voller Pensionäre? Vielleicht hättest du die Verwaltung und dein Bruder die Instandhaltung übernehmen können, doch für Fechners schöne Töchter kam nichts dergleichen in Frage. Schon allein die Vorstellung war absurd.

Dein Traum von Yvonne und Yvette war mit dem *Hotel Angst* verschmolzen, mit dem, was es war und was es wieder sein könnte. Der lange Schatten der Vergangenheit, der über allem lag, war dir zwar nach wie vor nicht geheuer. Doch gerade das Unheimliche daran schien eine Bedingung des Träumens zu sein. Nur Träume, die das *Hotel Angst* und deine vielfältigen Ängste streiften, wurden wirklich groß. Nur sie besaßen jene, der Erdanziehung entgegengesetzte Kraft, dich davonzutragen. Wenn du dir dagegen einen Apartmentblock vorstelltest, tat sich nichts.

Du warst inzwischen vierzehn und hattest fast das ganze Jahr für das Wiedersehen mit Yvonne und Yvette geübt. Fragen des Musikgeschmacks waren noch das geringste Problem. Du hattest dich bei älteren Freunden und Bekannten nach den Bands umgehört, von denen zwischen ihnen immer wieder die Rede gewesen war. Einige der Platten fingen sogar an, dir zu gefallen. Irritierender waren die Modezeitschriften und Kataloge, die du dir heimlich vorgenommen hattest, um zumindest einen kleinen Einblick in ihre Welt zu bekommen. Deine Mühen sollten nicht völlig vergebens sein. Schon am ersten Abend brachte Fechner seine Töchter mit zum Essen. Du hattest den Platz neben Yvonne, Yvette saß gegenüber. Die beiden unterhielten sich wie immer in ihrer Geheimsprache, und auch wenn du noch zu schüchtern warst, um dich einzumischen, konntest du wenigstens an der einen oder anderen Stelle mitlachen. Du wußtest sogar halbwegs, worüber.

Es war ein Anfang, immerhin, doch weiter kamt ihr nicht. Ausgerechnet dieser Abend wurde der kürzeste, den ihr je mit Klaus Fechner verbrachtet. Nachdem dein Vater seinen Finanzierungsvorschlag kompromißlos abgelehnt hatte und auch nicht mehr darüber reden wollte, zahlte Fechner seinen Teil der Rechnung, hakte seine Töchter unter und verschwand. Er wirkte zum ersten Mal richtig wütend und schien nicht dazu aufgelegt, euch jemals wieder auf »Bordigheras sündige Meile« zu schicken. Dabei hattest du dir gerade für den Gang über die Promenade in diesem Sommer viel vorgenommen.

Allerdings blieb Fechner hartnäckig. Nachdem dein Vater sich von seinen Überredungskünsten nicht beeindrucken ließ, versuchte er es bei deiner Mutter, die seit einem halben Jahr ihre Stelle als Mathematiklehrerin wieder angetreten hatte und von Zahlen mehr als genug verstand. Ihr rechnete er noch einmal vor, wieviel Geld man mit einem Condominion verdienen konnte, das sich aufgrund seiner Lage, seiner Geschichte und seiner besonderen Aura hervorragend verkaufen ließ.

Bei deiner Mutter war er damit an der richtigen Adresse. In eurer Familie machte dein Vater die großen Pläne, doch sie war zuständig für alles, was wirklich geschah. Und bestimmt wäre Fechner schon früher auf sie zugekommen, hätte sie dem Traum deines Vaters von einem wiedereröffneten *Hotel Angst* nicht so skeptisch gegenübergestanden. Jetzt waren diese Zweifel und Vorbehalte Wasser auf seine Mühlen. Er kam ein paar Mal vorbei und trank mit ihr zusammen Kaffee, aber eher wie zufällig und halb im Geheimen. Seine Töchter brachte er nicht wieder mit.

Du weißt nicht, was Fechner und deine Mutter im einzelnen besprochen haben. Doch es erstaunt dich heute fast noch mehr als damals, daß sie daraufhin nicht einmal den Versuch unternahm, deinen Vater umzustimmen. Wahrscheinlich wollte sie mit Fechner und seiner Art von Geschäften nichts zu tun haben. Vielleicht kannte sie deinen

Vater auch zu gut, um sich mit seinen Träumen anzulegen. Oder hielt sie am Ende gar zu ihm und seinen Illusionen?

Sicher ist deiner Mutter klar gewesen, daß dieses Projekt auf Eis liegen würde, solange sie nicht zwischen Fechner und deinem Vater vermittelte, und offenbar wollte sie genau das. Alles würde so unwirklich bleiben, wie es begonnen hatte, eine Ferienepisode, eine Sommergrille. Und die Träume deines Vaters würden wieder anfangen zu wandern – zu einer alten Finca in Spanien oder einer kleinen Insel in der Ägäis, weit, weit weg.

Vielleicht liebte sie deinen Vater für seine Phantasien und fixen Ideen, doch sie wußte auch dafür zu sorgen, daß sie nie Wirklichkeit wurden.

Klaus Fechner und dein Vater, die alten Freunde aus Schul- und Studienzeiten, kamen nicht miteinander ins Geschäft. Statt dessen fielen sie schon bald in ihre eingespielten Rollen zurück, Fechner gab den Millionär und Tausendsassa, dein Vater den Biedermann und treuherzigen Bewunderer. Sicherlich war es besser so, die beiden paßten nicht zusammen: Klaus Fechner ging nicht nur mit der Zeit, er war ihr immer einen Schritt voraus, immer mit einem Bein schon in der Zukunft, dein Vater dagegen stand mit beiden Beinen auf dem Boden der Vergangenheit. Über das *Hotel Angst* verloren sie nie wieder ein Wort.

Es war nicht das Ende der Geschichte von eurem »reichen Onkel« aus dem Süden, obwohl alle wußten, daß ihr so bald nicht nach Bordighera zurückkehren würdet. In den darauffolgenden Jahren besuchtet ihr Fechner noch ein paar Mal auf dem Weg nach Spanien. Später lud er deinen Vater zu einem Segeltörn auf seine Yacht ein, die vor Mykonos ankerte, doch da ging die Familie schon getrennte Wege. Yvonne und Yvette sahst du nie wieder.

Du folgst der Via Romana nicht bis zum Ende, sondern bleibst an derselben Stelle stehen wie bei deiner Ankunft, unmittelbar vor den Toren des Hotels, doch alles ist anders. Gestern nacht hattest du geglaubt, ihn gefunden zu haben, den einzigen Ort, der die Gabe besitzt, die Zeit anzuhalten, weil es nicht sein kann, daß das Leben immer so weitergeht, daß es keine Lücke gibt in dem ewigen Ablauf von Werden und Vergehen. Doch heute herrscht reger Verkehr auf den Straßen, Motorengeräusche durchkreuzen die Stille über dem verwaisten Gelände, nichts ist mehr zu spüren vom Bann und Atem des Gewesenen. Sogar der Palmengarten des *Angst*, der in der Nacht ein Dschungel war, undurchdringlich, weitläufig und wild, wirkt bei Tag heruntergekommen und verkümmert. Von den 35.000 Quadratmetern, die das Parkgrundstück einmal maß, dürfte kaum mehr als ein Fünftel geblieben sein. Nur die unmittelbare Umgebung der Hotelruine, die einstige Auffahrt und das Hinterland bis hoch zu Adolf Angsts bescheidener Privatvilla sind unberührt, eine Tabuzone der Verwahrlosung und des Verfalls. Der Rest ist unter Nachbarn aufgeteilt und längst genutzt. Von der vielgerühmten abwechslungsreichen Vegetation, mit der sich manche Gäste wochenlang beschäftigten, scheint wenig übrig. Nur das Unverwüstliche hat überlebt. Hinter den Mauern und Umzäunungen lassen sich ein paar zerzauste Palmen, verwachsene Olivenbäume und undefinierbare Sträucher ausmachen. Der einst so gepflegte englische Rasen, den man durch die Gitterstäbe der Hotelpforte sieht, ist eine dürre, längst verblühte Wiese. Zugewachsen und überwuchert sind auch die Zufahrtswege zum Wendeplatz der Kutschen und hoteleigenen Omnibusse vor der großen Freitreppe. Kaum zu glauben, daß hier einmal die Hautevolee der Jahrhundertwende ein- und ausging. Kaum zu glauben, was für Träume ihnen folgten.

Der Anblick des Gebäudes gibt Fechner nachträglich recht. Es hätte nicht nur einen deutlich zweistelligen Millionenbetrag gekostet, das Hotel wieder instand zu setzen, es blieb auch die große Frage, wer die zahlungskräftigen Gäste sein sollten, die kommen mußten, damit sich ein solcher Aufwand rentierte. Die vielen kleineren und größeren Hotels in der Gegend teilten sich längst die Touristenströme der Gegenwart, für die ein direkter Zugang zum Badestrand, Kabelfernsehen und Klimaanlage wichtiger waren als eine große Tradition und das Gefühl, hinter den Hotelmauern in eine andere Welt einzutauchen. Mehr denn je drängt sich dir der Verdacht auf, daß dein Vater zu keiner Zeit an einen modernen Gästebetrieb dachte, er wollte ein Hotel für die Vergangenheit.

Inzwischen dürfte selbst die Fassade nicht mehr zu retten sein. Die terrakottafarbene Schrift auf dem wappenverzierten Giebel mit dem traurigen Dämon ist verwittert und verblaßt, der Name ANGST läßt sich noch entziffern, doch die Narben und Risse im Putz sind unübersehbar. Von den großen, mannshohen Lettern über der Traufe – hast du sie gestern nacht noch gesehen oder dich nur sehr deutlich an sie erinnert? – sind lediglich das G und das S noch vorhanden, aber auch diese Buchstaben haben sich unter dem Einfluß von Wind und Wetter so verzogen und verformt, daß man wissen muß, was sie einmal bedeuten sollten, um sie nicht bloß für altes Blech zu halten.

Das Dach ist ein Trümmerhaufen. Sonnenlicht bricht durch den Schutt der abgerutschten Ziegel und eingesunkenen Balkengerippe. Strahlengarben fallen ungehindert die Fassadenrückseite hinab und erhellen die Fenster der obersten Etage. Die Balkons und Fensterreihen der unteren Stockwerke, deren Rolläden unaufhaltsam abgesackt und ihren Halterungen entglitten sind, wirken wie ausgeräuchert, verrußt und tot. Du kneifst die Augen zusammen und wartest darauf, daß die abgeblätterte Farbe zu einem Anstrich verschwimmt und sich die Mauerrisse wieder schließen. Du willst die Fenster und Balkone noch einmal heil sehen und eine Spur des alten Glanzes in den zerbrochenen Scheiben des Vestibüls. Doch nichts passiert.

Du bist schon auf dem Rückweg zum Bahnhofsplatz, als dich Klaus Fechner in einem silbergrauen 7er BMW überholt und hupt. Ob du schon etwas gegessen hast, will er wissen, während das Seitenfenster herunterfährt. Du verneinst und steigst ein, hinten. Auf dem Beifahrersitz sitzt eine rotblonde Schönheit mit einer Prada-Sonnenbrille. Erst auf den zweiten Blick erkennst du, daß es sich weder um Yvonne noch Yvette handelt.

Dein Bruder hatte dich gewarnt, die Erinnerung aufzusuchen, der Verlust sei noch zu frisch. – Woher er das wisse, hättest du ihn gern gefragt, woher weiß man, wie man richtig trauert? Doch vielleicht, denkst du auf einmal, hat er recht, und alles kommt wieder hoch.

»Das ist Alissa, meine Frau«, stellt Fechner euch vor, indem er dich den Sohn seines besten Freundes nennt. Sie reicht dir ihre schlanke, zartgliedrige Rechte mit dem Handrücken nach oben. Die Ähnlichkeit mit seinen Töchtern ist verblüffend, nur daß sie gut zehn Jahre jünger sein dürfte als Yvonne und Yvette jetzt.

Sie kondoliert dir mit leiser Stimme, was dich überrascht, denn das heißt, sie haben über den Tod deines Vaters gesprochen. Aus irgendeinem Grund empfindest du das als Genugtuung.

Fechner entführt dich in ein Restaurant weiter oben in den Bergen, wo ihm der beste Tisch angeboten wird, obwohl du dir mit Alissa einig bist, daß ihr nur eine Kleinigkeit zu euch nehmen wollt. Du bemühst dich nach allen Regeln der Höflichkeit, dir nichts anmerken zu lassen, doch du bist enttäuscht, daß sie mitkommt. Es gibt so viele Fragen, die du ihm stellen wolltest, dem »besten Freund« deines Vaters, aber ein Gespräch, wie es dir vorschwebte, scheint in ihrem Beisein nicht möglich. Diesmal hättest du eine Geheimsprache gebraucht.

Fechner dagegen ist in seinem Element. Ohne Umschweife kommt er auf deinen Vater zu sprechen, findet viele schmeichelhafte Worte und behauptet sogar, daß er mit ihm um ein Haar »das Ding seines Lebens gedreht« hätte. Schwer zu sagen, wieviel davon Wahrheit ist und wieviel Jovialität.

Warum er es denn nicht auf eigene Faust versucht

habe, erkundigst du dich vorsichtig – es ist eine der Fragen auf deiner inneren Liste –, immerhin war dein Vater für einen Umbau des *Angst* mehr als entbehrlich. Jeder professionelle Architekt hätte sofort ein Condominion nach den Wünschen seiner Geldgeber entworfen, schneller, besser, effizienter, als dein Vater es je gekonnt hätte.

»Er war ein Genie«, murmelt Fechner und tätschelt dabei Alissas schmale Hand.

Doch du weißt, daß das nicht stimmt, und gibst dich nicht damit zufrieden. Lag es nur daran, daß das Hotel die Entdeckung deines Vaters war und er ihm seinen Traum nicht kaputtmachen wollte? Oder gab es andere Gründe, das Projekt fallenzulassen? Kursierten zu viele Gerüchte über Selbstmorde, Verzweiflungstaten, sich häufende Unglücksfälle? War das *Angst* am Ende verflucht, das Omen seines Namens zu erfüllen und für immer ein Geisterhaus zu bleiben, im Bann seiner großen Vergangenheit? – Du fragst zu viel, zu übereifrig, es fällt dir selbst unangenehm auf. Fechner grinst und schweigt.

Die Vorspeise kommt und ihr wechselt das Thema. Als Alissa ihre Sonnenbrille abnimmt, zuckst du kurz zusammen, so heftig ist das Déjà-vu. Sie hat die gleichen Augen, die gleichen geschwungenen Brauen wie Yvonne und Yvettes gerade Nase, ihre vollen, leicht höhnischen Lippen.

Du versuchst, sie nicht unentwegt anzustarren, während ihr zum Smalltalk übergeht. Alissa schiebt Fechners Hand beiseite und erzählt bereitwillig die Geschichte ihres Kennenlernens. Sie entpuppt sich als eine echte Hanseatin, Tochter eines Geschäftsfreunds von Fechner, dem sie zum ersten Mal in der Bibliothek ihres Vaters begegnete. Du siehst die tiefen Clubsessel, die Reihen von schweinsledernen Bücherrücken und den kreiselnden, goldbraunen Cognac in bauchigen Schwenkern vor dir und fragst dich, wie gewagt oder »vertrauensvoll« die Geschäfte der beiden alten Herren wohl gewesen sein müssen, um mit einer Heirat besiegelt zu werden.

Ihr Vater lebt, denkst du. Doch dafür kann sie nichts.

Je länger Alissa redet, desto mehr verflüchtigt sich ihre Ähnlichkeit. Yvonne und Yvette waren in den verschiedensten Sprachen zu Hause und schlüpften in sie hinein wie in ein anderes Gewand, bei Alissa spürst du sogar auf Italienisch die Hamburgerin in allem, was sie sagt. Als sie von ihren Flitterwochen anfängt, hörst du weg. Sie weiß nichts, denkst du, gar nichts. Doch du lächelst höflich und hoffst, daß es nicht ironisch aussieht. Dir ist klar, daß du ihr unrecht tust. Sie ist nicht Yvonne oder Yvette, auch dafür kann sie nichts.

Fechner schenkt Wein nach, er ist der einzige, der trinkt, Alissas und dein Glas sind noch dreiviertelvoll. Du würdest viel darum geben zu erfahren, was aus Yvonne und

Yvette geworden ist. Statt dessen wickelst du spaghetti vongole auf deine Gabel und hörst einer näselnden höheren Tochter zu, wie sie die Villa in St. Paul neu einrichten will – eine der wenigen Herausforderungen, die ihr bleiben, nachdem sie einen Mann geheiratet hat, der nicht nur ihr Vater sein könnte, sondern ihr auch ein Leben bietet, wie sie es von zu Hause gewohnt ist.

Du mußt dich bis zum zweiten Gang gedulden, ehe du Fechner wieder auf den Zahn fühlen kannst. Im Schnelldurchlauf beschreibst du deine ersten Eindrücke von Bordighera und kommst auf die Condominions zurück, die du entlang der Via Romana gesehen hast. Gut möglich, daß Fechner bei dem einen oder anderen Objekt seine Finger im Spiel hatte, doch er ißt und trinkt weiter, als ginge ihn das alles nichts an.

»Was mich nur wundert«, sagst du leichthin, du willst nicht, daß es sich anhört, als würdest du die Partei deines Vaters ergreifen, »damals lagst du goldrichtig mit deiner Prognose, daß die nächste Seniorengeneration ihr Erspartes in Eigentumswohnungen an der Riviera steckt. Warum hast du andere das Geld verdienen lassen?«

»Es gibt nicht nur eine Art, Geld zu verdienen«, wischt Fechner sich mit einer Stoffserviette den Mund und zwinkert Alissa zu, »ich habe alle zwei Tage eine neue Geschäftsidee.«

So langsam bekommst du eine Vorstellung davon, wie hart es sein muß, mit ihm zu verhandeln. Er ist absolut undurchschaubar. Du erkundigst dich vage nach den neuesten Neuigkeiten und Gerüchten über das Hotel in der Hoffnung auf irgendeinen Anhaltspunkt. Doch er erzählt mehr Alissa als dir nur die Geschichten, die du längst kennst.

»Vielleicht«, unterbrichst du ihn, »liegt das eigentliche Rätsel noch weiter zurück, vielleicht ist und bleibt die große Frage, warum Adolf Angst sein Lebenswerk überhaupt so genannt hat: *Hotel Angst!* – Niemand dürfte besser gewußt haben als er, daß dieser Name lauter Hirngespinste und Phantasien auf den Plan ruft.«

»Er verstand etwas von Marketing«, sagt Fechner bestimmt, »wer kann sich schon an die anderen Grandhotels erinnern, ›Bristol‹, ›Splendids‹, ›Europa Imperial‹ und wie sie alle heißen. Du checkst ein, übernachtest und weißt am nächsten Tag schon nicht mehr, wo du warst. Aber ins *Angst* zu gehen, im *Angst* gewesen zu sein, das ist doch ...« Er lehnt sich zurück und breitet die Arme aus, als wollte er damit sagen, na bitte! »Angst wußte, daß er seinen Gästen etwas Außergewöhnliches, Unverwechselbares bieten mußte, und damit meine ich nicht nur den modernsten Komfort, sondern das gewisse Etwas, eine besondere – wie hast du gerade gesagt? – Phantasie, ja. Es geht immer um Phantasien, um Träume, wenn du etwas verkaufen willst.«

»Träume schön und gut, aber Alpträume?« versuchst du ihn aus der Reserve zu locken. Es sind die alten Einwände deiner Mutter. Wahrscheinlich hat Fechner dieselbe Diskussion vor zwanzig Jahren schon einmal geführt.

»Jeder große Traum verläuft an der Grenze zum Alptraum«, entgegnet er und fügt nach einem Schluck Wein hinzu, »das, wovor man Angst hat, und das, wonach man sich sehnt, ist im Grunde dasselbe.«

Diesmal grinst du. »Zum Beispiel?«

»Ruhe«, sagt Fechner, »und Tod. Die meisten, die in Bordighera geblieben sind, haben sich nach Ruhe und Frieden gesehnt, aber sie hatten Angst vor dem Tod. Dabei war es das, was sie im Grunde wollten. Es sind zwei Seiten derselben Medaille.«

Alissa, die wortlos ihre letzten Salatblätter verzehrt hat, entschuldigt sich und geht zur Toilette. Ihr beachtet sie kaum. Jetzt wäre die Gelegenheit, endlich all deine Fragen loszuwerden, doch du hast das Gefühl, daß Fechner dir irgend etwas mitteilen will, also verreibst du die Wassertropfen am Fuß deines Glases und wartest.

»Deinem Vater hat das nicht genügt«, auf einmal spricht er sehr leise, »er hatte einen riskanteren Traum, die Sehnsucht nach einer Bedeutung, die das Leben meistens erst bekommt, wenn es vorbei ist und Geschichte wird – falls es Geschichte wird.«

Du bist dir nicht sicher, ob du weißt, was er meint.

»Er wollte, daß etwas bleibt«, sagt Fechner und nickt zu seinem eigenen Satz, »doch auf der anderen Seite war er ein Perfektionist. Und das Vollkommenste ist immer das Nichts, die reine, unbefleckte Vorstellung.«

»Und was bleibt dann?« Du weißt, daß du zu ungeduldig bist, doch du kannst nicht anders, »er hat immer nur Luftschlösser gebaut, perfekte Luftschlösser, von mir aus, große, ›geniale‹ Entwürfe, aber es waren alles nur Wolken.«

Fechner schaut dich an und dann seinen leeren Teller. »Es sind zwei Seiten derselben Medaille«, wiederholt er langsam, »er hat das Machbare immer verachtet. Vielleicht war das feige, vielleicht war es aber auch das einzig Richtige, sich seinen Traum als Traum zu bewahren.«

Für jemanden, der gerade eine fast vierzig Jahre jüngere Frau geheiratet hat, klingt Fechner erstaunlich resigniert – der Traum von Jugend und die Angst vor ihr.

»Ich habe mich oft gefragt, was euch beide verbindet, schon als Kind. Verschiedener können zwei Freunde kaum sein, auch wenn es sehr alte Freunde sind ...«

»Ja, er war immer ein Stück weit nicht von dieser Welt«, seufzt Fechner, wie um den Gedanken abzuschütteln. Es ist klar, daß er dir keine deiner Fragen beantworten wird. Er sagt dir nur, was du schon weißt. Du fühlst dich hilflos und allein gelassen – von ihm und deinem Vater.

»Und damit war die Sache für dich erledigt, und du hast das *Angst* sich selbst überlassen, auch als er längst nach Griechenland oder sonstwohin in die Ferien fuhr, um seine Luftschlösser mit dorischen Säulen zu bauen?« Du bist selbst erstaunt, wie wütend dich das macht. »Er ist mit seinen völlig folgenlosen Phantasien einfach weitergezogen und hatte es wahrscheinlich längst vergessen!«

»Unterschätz deinen alten Herrn nicht, er war ein sehr präziser Träumer.« Fechner setzt wieder sein undurchschaubares Grinsen auf. »Man unterschätzt immer die, die einem am nächsten sind.«

Für einen Moment scheint dein Vater lebendig.

Alissa kommt von der Toilette zurück und durchzieht das Restaurant mit einer frischen Parfümspur. Die Blicke der übrigen Gäste richten sich auf sie, Fechner schaut zufrieden. »Alles in Ordnung, Liebling«, fragt er fürsorglich, umfaßt ihren Nacken und zieht sie für einen Kuß zu sich herunter. Die Gegenwart hat ihn wieder.

Zwei Kellner servieren Fechner und dir Schwertfischsteak mit Fenchel in Limonensoße, es war schon immer ratsam, das gleiche zu bestellen wie er, Alissa sucht sich bereits ihren Nachtisch aus, frutta fresca. »Mit Piemontkirschen«, sagt sie und klappt die Karte zu. Sie lächelt wie damals Yvette.

Ohne Vorwarnung fragt Fechner nach deiner Mutter und wie sie »die Sache mit deinem Vater« verkraftet. Du findest, sie ist sehr tapfer. Abgesehen davon, hat sie furchtbar viel zu tun, mehr noch als zu seinen Lebzeiten, die Behördengänge, die Haushaltsauflösung, die Post. Von der Beerdigung sagst du nichts, eine Feuerbestattung, angeblich hatte er das so gewollt. Als die Bestattungsgehilfen die Urne brachten, sahst du dich außerstande, Abschied zu nehmen. Du konntest dir deinen Vater anhand dieses Gefäßes nicht vorstellen.

»Also, wenn sie mal wegfahren möchte, ausspannen, ich habe Platz genug ...« gibt Fechner sich großzügig, wohlwissend, daß sie sein Angebot niemals annehmen wird.

»Danke«, sagst du, und euch beiden ist klar, daß es »nein, danke« heißt. Aber du bist hier, um herauszufinden, was für ein Mensch dein Vater in Bordighera war, welche Geschichten er erzählt hat, wie seine Träume aussahen, du willst ihn dir vorstellen können anhand der Spuren, die er hier hinterlassen hat.

Auf Umwegen versuchst du, Fechner ein paar Namen von Leuten zu entlocken, die dir etwas über ihn und das Hotel erzählen könnten. Doch er lenkt das Gespräch auf den Roman »Doktor Antonio« von Giovanni Ruffini, eine Schwarte aus der Mitte des neunzehnten Jahrhunderts.

»Mit dem Buch hat im Grunde alles angefangen«, holt er aus und zerlegt seinen Fisch, »nicht nur für deinen Vater, Scharen von Lesern haben sich hier auf literarische Spurensuche begeben. Und Adolf Angst gehörte dazu.«

»Doktor Antonio« war die Geschichte einer Italienreise, romantisch und berechenbar wie ein alter Schlager. Sir John, ein versnobter englischer Aristokrat, und seine anämische Tochter Lucy haben auf dem Weg von Genua nach Nizza einen Unfall mit ihrer Kutsche, das Mädchen verletzt sich, doch Rettung naht. Niemand geringerer als der Titelheld eilt ihr zur Hilfe: Doktor Antonio, Landarzt seines Zeichens und ein Muster italienischer Männertugenden. Er bringt sie in die nächste Herberge und verordnet seiner englischen Patientin strengste Bettruhe. Sir John und Lucy sitzen fest – gewissermaßen mitten in der Wildnis. Doch als sie sich umschauen, entdecken sie das Paradies auf Erden, ein liebliches Gestade inmitten von Palmen und exotischen Pflanzen, die Heimat von singenden Fischern und fröhlichen Bauern. Schon bald empfindet Lucy eine überwältigende Liebe zu Land und Leuten, insbesondere natürlich zu Doktor Antonio, und sogar Sir John kann sich den Reizen der Landschaft immer weniger entziehen, auch wenn er nicht müde wird, sich über seine bescheidene

Herberge und die primitiven Lebensbedingungen zu beklagen – so weit, so belanglos. Der ganze Roman wäre nicht weiter erwähnenswert, hätte Ruffini nicht als seinen Hauptschauplatz ein kleines, unbekanntes Fischerdorf gewählt: Bordighera.

Damit war es in der Welt.

Du erinnerst dich, daß zwischen Fechner und deinem Vater häufiger von diesem Buch die Rede war. Du hattest es sogar bei einem eurer letzten Bordighera-Aufenthalte ein paar Mal zur Hand genommen, warst aber nie über die ersten Kapitel hinausgekommen.

»Ist denn gesichert, daß Angst den Roman gekannt hat?« fragst du mehr aus Höflichkeit. Es ist nicht gerade die Fährte, die du dir von Fechner versprochen hattest.

»Unbedingt! Ohne Ruffini wäre er nie auf Bordighera gestoßen – und, was noch viel wichtiger ist, Tausenden von englischen Touristen ging es genauso. Eine bessere Werbung hätte sich Angst gar nicht wünschen können.«

»Es ist so wunderbar old-fashioned«, findet Alissa, die das Buch erst vor kurzem gelesen hat, zur Einstimmung auf ihr neues Zuhause.

»Du wolltest doch wissen, warum das Hotel so heißt, wie es heißt«, beugt sich Fechner zu dir herüber, »ich wette, Angst hätte diesen Kasten in Bordighera niemals hochgezogen, wenn es nicht literarisch geweihter Grund

und Boden gewesen wäre, und ganz bestimmt hätte er ihn ohne den Roman nicht *Hotel Angst* genannt!«

»Ich verstehe nicht ganz«, lächelst du unsicher. Auf einmal kommt es dir vor, als würde dein Vater durch Fechner sprechen.

»Es geht um das gewisse Etwas, um den Geist des Ortes«, fährt er fort, »jeder, der mit dem Buch im Gepäck hierherkam, war nicht nur auf der Suche nach einer hübschen Gegend, sondern nach dem Schauplatz seiner Phantasie.«

»Beziehungsweise der Phantasie von Giovanni Ruffini«, versuchst du es mit Ironie.

»Er war kein großer Schriftsteller, sicher nicht, aber darin besteht ja gerade der Vorteil«, läßt sich Fechner nicht beirren, »es blieb genügend Spielraum für andere nach ihm.«

»Fragt sich nur, warum Angst sein Hotel dann nicht gleich ›Osteria Antonio‹ genannt hat«, sagst du halb zu dir selbst, du würdest das Thema gerne beenden. Doch Fechner grinst dir offen ins Gesicht: »Weil er wußte, daß Ruffini erfolgreich genug war, um die nächsten zehn Jahre noch etliche Leser nach Bordighera zu locken, aber spätestens in zwanzig Jahren würde sich niemand mehr an ihn erinnern. ›Doktor Antonio‹ war nur eine Mode, ein kurzer Traum, *Angst* dagegen eine Phantasie für alle Zeit.«

Du läßt es gut sein und gönnst ihm oder deinem Vater diesen Triumph. Warum darüber streiten, es führt zu nichts. Wohlgelaunt leert Fechner die Flasche – seine Beziehungen zu den Carabinieri der Gegend scheinen immer noch bestens zu sein. Dann bestellt er, ohne zu fragen, für sich und dich einen Espresso und macht ein paar Andeutungen über Geschäfte mit Golfplätzen in Osteuropa. Du schweigst, ohne daß es ins Gewicht fällt. Alissa ißt ihre Kirschen mit Messer und Gabel.

Auf dem Weg zurück zum Hotel fragst du Fechner noch einmal nach ein paar Ortsansässigen, die sich vielleicht an deinen Vater erinnern könnten. Er verspricht, sich bei dir zu melden, falls ihm noch jemand einfällt, doch du bezweifelst, daß es zu diesem Anruf kommt. Es wäre das erste Mal, daß er dir die Information gibt, die du von ihm haben willst.

Von Alissa verabschiedest du dich mit Handkuß, du wirst sie wahrscheinlich nie wiedersehen, auch das hat sie mit Yvonne und Yvette gemeinsam. Als du um den Wagen herum zum Eingang des Bahnhofshotels gehst, fährt Fechner noch einmal das Seitenfenster herunter und überreicht dir einen dicken Din-A-4-Umschlag. Du erwartest ein Grinsen, doch er schaut nicht einmal in deine Richtung, sein Blick geht nach vorn auf die Straße. Noch bevor du ihn fragen kannst, worum es sich handelt, ist er verschwunden.

Du warst ein wenig beunruhigt wegen der Bitte um Rückruf, die dir dein Bruder an der Rezeption hinterlassen hatte. Doch als du mit ihm sprachst, stellte sich heraus, daß nichts Nennenswertes vorgefallen war. Deine Mutter schlug sich weiterhin wacker. Die Haushaltsauflösung ging voran. Es war lediglich die Frage aufgetaucht, ob du nicht dieses oder jenes Möbelstück als Andenken übernehmen wolltest. Das war nicht der Fall. Trotzdem danktest du ihm. – Es war beschämend, wie er die Situation meisterte, wie praktisch er war im Gegensatz zu dir, wieviel tüchtiger in seiner Trauer. Er sei eine große Hilfe, lobtest du ihn, bevor er auflegte. Von dem Umschlag und seinem Inhalt sagtest du nichts.

Es ist dunkel geworden, ohne daß du es bemerkt hast. Du schaust dich in deinem Hotelzimmer um, deine Augen sind müde, auf deinen Knien der letzte Brief deines Vaters an seinen alten Freund und Beinahe-Geschäftspartner, laut Poststempel nicht älter als fünf Wochen. Du legst die engbeschriebenen Blätter beiseite, breitest die große, mehrfach gefaltete Skizze ein weiteres Mal auf dem Bett aus und knipst die Nachttischlampe an.

Beim Öffnen des Umschlags hattest du damit gerechnet, die alten Entwürfe und Sanierungspläne für das Hotel zu finden. Doch das blaupausenartige Zeichenpapier zeigt weder Grundriß noch Querschnitt, sondern ein Diagramm mit verschiedenfarbigen Symbolen, Kurven und Entwicklungslinien, die etwas vollkommen anderes darstellen: den Verlauf eines Romans. Nie hättest du für möglich gehalten, daß sich dein Vater näher mit Literatur befaßt – du hast ihn nicht nur unterschätzt, wie Fechner sagt, du hast ihn nur halb gekannt.

Im unteren Plandrittel befindet sich eine Legende, die sämtliche Zeichen und Abkürzungen erläutert sowie stichwortartig die wichtigsten Charaktere, Motive und Konflikte. Dabei steht das L, wie du erst bei näherem Hinsehen begreifst, nicht für Liebe, sondern für Landschaft. Die vielen Ts (für »time« oder »Tempus«?) mit den danebenstehenden Jahreszahlen bezeichnen das Vor und Zurück durch die Zeiten, nicht zu verwechseln mit den Seitenangaben neben den Großbuchstaben MS und DA, die sich zum einen auf das fingerdicke Din-A4-Manuskript beziehen, zum anderen auf die beiliegende Ausgabe von Giovanni Ruffinis »Doktor Antonio«.

Du weißt nicht, wie tief sich Fechner in dieses System hineingearbeitet hat, das dir mal überraschend klar und durchdacht erscheint, mal vor den Augen verschwimmt zu einem manischen Wirrwarr von Zeichen und Querverweisen. Vielleicht hat er nur einmal kurz draufgeschaut und sich nicht weiter dafür interessiert, vielleicht wollte er dir auch eine verschlüsselte Botschaft übermitteln. Doch in einem Punkt bist du dir sicher, daß er jetzt mit einem guten

Grappa auf der Terrasse seiner Villa sitzt und grinst bei dem Gedanken, wie du dir den Kopf zerbrichst.

Hatte er das etwa gemeint, als er deinen Vater als Genie bezeichnete, diese Akribie und Besessenheit? Oder war »Genie« nur eine freundliche Umschreibung für »armer Irrer«?

Auch das Manuskript bringt nicht die erhoffte Klarheit. Es beginnt mit einer ausführlichen Analyse von Giovanni Ruffinis Roman, den verschiedenen Elementen und Motiven, ihrer Anordnung und der Gesamtkonstruktion. Doch schon auf den ersten Seiten siehst du, daß die Muster von Ruffinis Geschichte nicht zu der großen Übersichtsskizze passen. Es gibt kein Buch auf der Welt, das ihr entspricht. Sie ist der Bauplan für einen noch ungeschriebenen Roman. Und was du für eine Objektbezeichnung gehalten hast, ist der anvisierte Titel: *Hotel Angst*.

Du stehst auf, mit dem Manuskript in der Hand, und gehst hinüber zum Fenster. Wenn du dich auf die Zehenspitzen stellst, kannst du über dem Bahnhofsdach das Meer sehen, schwarz, schattenhaft. Der Mond steht tief über dem Kap von San Ampelio, die Stadt wirkt wie ausgestorben, so als sei er ihr zu nahe gekommen.

Was dir nicht in den Kopf will, ist, daß ausgerechnet dein Vater, einer der schweigsamsten, wortkargsten Menschen überhaupt, die Absicht gehabt haben soll, ein Buch zu schreiben. Doch jede Seite, die du aufschlägst, zeugt davon, wie minutiös er dieses Vorhaben geplant hat. In seinem Brief an Klaus Fechner stecken mindestens zwei, drei Jahre Arbeit, vielleicht mehr.

Doch er hat diesen Plan nie in die Tat umgesetzt, wenigstens so weit erkennst du deinen Vater wieder. Nach der Analyse des Erfolgsrezepts von »Doktor Antonio« folgt nicht etwa der Beginn des Romans oder wenigstens eine Kostprobe von zehn, zwanzig Seiten, sondern ein Anhang mit knappen, sachlichen Inhaltsangaben zu jedem Kapitel, Kurzbiographien und Psychogrammen der Hauptfiguren, landschaftlichen und botanischen Detailstudien sowie Bilddokumenten, die das Hotel vor und nach den verschiedenen Erweiterungsbauten bzw. der Erhöhung um ein Stockwerk zeigen. Daran schließt sich ein nach Stichworten geordnetes Register an, in dem dein Vater die Lesefrüchte seines ausgiebigen Quellenstudiums zusammengetragen hat, angefangen von Edmondo De Amicis lokalhistorischem Standardwerk »Il Paradiso degli Inglesi« aus dem Jahr 1903 über etliche Auszüge aus dem »Journal de Bordighera« bis hin zu längeren Passagen aus der 1971 erschienenen Rückschau »Bordighera ieri« von Enzo Bernadini und Giuseppe E. Bressone.

Sorgfältiger, penibler kann man einen Roman nicht vorbereiten, ohne mit dem Schreiben anzufangen.

Einen »präzisen« Träumer hatte Fechner deinen Vater genannt und so getan, als sei das eine besondere Qualität. Doch mehr denn je erscheint dir seine Präzision wie ein Vorwand, um die Schwelle zur Wirklichkeit nicht überschreiten zu müssen. Nur auf den ersten Blick stellen Phantasie und Genauigkeit einen Gegensatz dar. In Wahrheit sind sie, um mit Fechner zu sprechen, zwei Seiten derselben Medaille: Das exakte, skrupulöse Vorgehen deines Vaters war längst keine Methode mehr, sondern Selbstzweck. Es diente der Verlängerung seines Aufenthalts in der fünften Dimension, im Reich der reinen Möglichkeit. Und es verlieh seinen Träumen die unendliche Tiefe des Details.

Ein wenig beneidest du ihn für die zeitlos selbstvergessenen Momente, während derer er sich in den weiten Feldern des Phantastischen verlor.

Schwer zu sagen, ob und inwiefern dein Vater selbst noch daran geglaubt hat, seine Pläne zu verwirklichen. Wahrscheinlich hatte er das Gefühl, seinem Ziel immer dann zum Greifen nahe zu sein, wenn es ihm längst entglitten war, in den Vertrackt- und Verstiegenheiten der Vorplanung, in seinem Ringen um äußerste Präzision und Gewißheit. Er wollte seiner Sache absolut sicher sein. So war er immer. Man muß sich deinen Vater als einen ängstlichen Menschen vorstellen.

Doch er hat sich eingerichtet in dieser Angst, hat in ihr

eine Tür gefunden, durch die er eintreten konnte in seine eigene Welt. Irgendwann, kurz vor oder nach seinem Streit mit Fechner, muß er sich für einen anderen Weg als den des Machens und der Machbarkeit entschieden haben, irgendwann – vielleicht schleichend, vielleicht mit einem Schnitt – muß die völlige Loslösung von der Realität erfolgt sein. Und möglicherweise war das für ihn sogar ein schöner Tag.

Dein Vater hat im *Hotel Angst* gelebt, damals schon in Bordighera, als er es auf dem Zeichenbrett wiedereröffnete und zu alter Größe zurückführte, und in den vielen Jahren danach, die er an anderen Orten und in anderen Hotels verbrachte, während er nachts in aller Stille an seinen Schreibplänen saß. Ihm war das Mögliche stets näher als das Wirkliche.

Man kennt keinen Menschen, solange man nichts von seinen Träumen weiß. Und je mehr du anfängst, davon zu verstehen, desto unsinniger kommt es dir vor, deinen Vater an dem zu messen, was er getan hat und was nicht. Er brauchte dieses Buch nicht zu schreiben, denn für ihn war das Hotel längst der Roman, der es nie sein würde, die Summe all seiner Erfahrungen, Vorstellungen und Gefühle, der sagbaren und der unsagbaren. Es war der Roman seines Lebens – mehr als jedes fertige Buch es jemals hätte sein können. Und er war sein Autor und alleiniger Leser.

Er würde für immer der einzige bleiben, und möglicherweise bedauerte er es nicht einmal. Denn er verstand sich vollkommen.

■

Die Promenade ist mit Mondschatten gesprenkelt, als du dir die Beine vertrittst. Es muß gegen drei sein, dein Kopf ist müde, aber dein Körper steht noch immer unter Spannung. Du warst zu lange mit zu vielen Fragen allein in einem Raum.

Der Asphalt hat die Wärme des Tages längst abgegeben, doch die Nacht ist nach wie vor lau. Eine Spur von Tau, von seidiger Feuchtigkeit liegt in der Luft. Alles riecht: das Meer, der Tang, der Fisch, die Steine, Bäume und Büsche, das Laub, das Gras, der Teer, der Staub auf den Straßen, die Ölpfützen unter den Autos und der nicht abgeholte Müll in den Containern. Was die Nacht an Farben genommen hat, gibt sie in Gerüchen zurück. Du schließt die Augen und schlafwandelst bei vollem Bewußtsein.

Im ersten Moment hast du es gar nicht so sehr als Kränkung empfunden, daß dein Vater diesen Brief an Klaus Fechner geschrieben hatte und nicht an dich oder ein anderes Mitglied der Familie. Doch das änderte sich, als dir allmählich klar wurde, wieviel er ihm bedeutet haben muß. Auf einmal fühltest du dich, als hättest du gerade entdeckt, daß dein Vater ein Doppelleben gelebt hat, daß er nicht der war, den du zu kennen glaubtest, sondern ein anderer, all die Jahre, ein Fremdgänger der Fiktion, dessen geheime zweite Existenz vielleicht sogar seine eigentliche war. In ihr hatte er eine Sprache, in ihr konnte er so leicht, so beredt und gewinnend sein wie in den Sommern von Bordighera. Mit diesem Menschen hättest du dich gerne einmal unterhalten, doch das war unmöglich. In der anderen, lebendigeren Hälfte seines Lebens hatte seine Familie keinen Platz. Du kamst nicht vor in seinen sehr präzisen Träumen. Du wußtest nicht einmal davon.

Aber Klaus Fechner! Ihn hatte dein Vater als einzigen eingeweiht, wenn auch nicht nur aus Sympathie und alter Freundschaft, sondern weil er etwas von ihm wollte: In seinem Anschreiben bittet dein Vater ihn, seine Hand noch zwei, drei Jahre über das Hotel zu halten, die Vorbereitungen für das Buch seien endgültig abgeschlossen (s. u.), er würde jetzt mit dem Schreiben beginnen, und in zwei, spätestens zweieinhalb Jahren, wenn der Roman erscheine, würden sie ja sehen ...

Du warst zunächst von einer alten Wette zwischen Fechner und ihm ausgegangen. Sicher hatte er deinem Vater prophezeit, daß sein Werk niemals das Licht der Öffentlichkeit erblicken würde. Doch du konntest dir keinen

Reim darauf machen, was es mit jener Bitte auf sich hatte, die »Hand über das Hotel« zu halten. Erst als du das Konvolut schon auf den Nachttisch gelegt und das Licht ausgeknipst hattest, schoß dir die Frage durch den Kopf, die du dir längst hättest stellen müssen: Wieso Giovanni Ruffini? Warum hatte Fechner beim Essen davon angefangen? Was hatte der Ruffini-Roman in dem Brief deines Vaters zu suchen? Und plötzlich wußtest du, daß es dafür nur eine einzige Erklärung gab, auch wenn sie noch so verrückt und verwegen war: Dein Vater wollte den Erfolg von Ruffini wiederholen, er plante dieses Buch nicht um seiner selbst willen, sondern weil es, wie Fechner sagte, für das Hotel die »beste Werbung« war – auch im Hinblick auf mögliche Geldgeber. Dein Vater wollte sie für seinen Traum begeistern. Und solange er schrieb, solange auch nur die vage Hoffnung bestand, das Hotel mit einem Roman zu retten, hatte er sich ausgebeten, daß nichts damit geschah.

Fechner hatte das »Geschäft seines Lebens« nicht nur unterlassen, sondern anscheinend auch dafür gesorgt, daß niemand es an seiner Stelle machte. Wieviel ihn das kostete, welche Kontakte er nutzen und was für Gefälligkeiten er im Gegenzug erweisen mußte, wird wohl für immer sein Geheimnis bleiben. Aber er hatte seine Hand darüber gehalten und zu verhindern gewußt, daß es dem *Hotel Angst* so erging wie den meisten Grandhotels der Gegend, die nach und nach in Condominions umgebaut wurden. Sie alle mußten sich den bescheideneren Bedürfnissen der Senioren von heute anpassen, Jahrgängen aus einer Zeit, als die großen Tage von Bordighera schon vorüber waren.

Nur das *Angst* an der Via Romana gehörte noch immer dem Größenwahn seiner Vergangenheit, und das war gewissermaßen sein Werk.

Du hast sie beide unterschätzt, deinen Vater, der seinen Traum von einem wiedereröffneten Hotel nie aufgegeben hatte, und Fechner, der darüber wachte, daß wenigstens die Möglichkeit bestehen blieb. Das *Angst* hatte einen Schutzengel des Untergangs. Die Zeit zog nicht bei ihm ein, niemand wagte es, den Schlaf seiner Geschichte zu stören. Zwar verfiel das Gebäude zusehends, doch das Phantastische an ihm wuchs und wucherte wie das Gestrüpp in den zerbrochenen Fenstern. Mit jedem Monat, jedem Jahr rückte das Hotel weiter von der Gegenwart ab und löste sich allmählich aus Raum und Zeit auf seiner Reise in die fünfte Dimension.

Du bist am Ende der Promenade angelangt und würdest dich am liebsten gleich auf eine Bank legen oder auf eine der Liegen am Strand. Du weißt nicht, ob du in deinem Hotelzimmer schlafen können wirst, aber hier ist die Luft so mild.

Es gab also doch etwas, das Fechner und deinen Vater verband – nach ihrem Streit vielleicht sogar mehr denn je.

Beide waren sie kompromißlose Träumer, und die Tatsache, daß dein Vater nicht nachgegeben, sondern an seiner Idee festgehalten hatte gegen alle ökonomische Vernunft, kommt dir auf einmal vor wie eine Kraftprobe. Fechner und er waren zwei ungleiche Freunde, im wirklichen Leben konnte sich dein Vater nicht mit ihm messen, aber im Träumen war er ihm ebenbürtig.

Du streckst die Beine von dir und verschränkst die Hände hinter dem Kopf. Das Rauschen der Wellen klingt auf einmal wie hoch über dir, der Sternenhimmel ist unendlich tief, obwohl im Osten schon der Morgen aufzieht wie ein Nebel. Wenn du die Augen schließt, siehst du Fechner grinsen. Die Erinnerung an eure Begegnung heute mittag fährt mit dir Karussell – ist das alles wirklich erst dreizehn, vierzehn Stunden her? Du könntest ihm vorwerfen, daß es ihm Spaß gemacht hat, dich so lange zappeln zu lassen, aber vermutlich hättest du auch gegrinst über das Ausmaß deiner Ahnungslosigkeit.

Es kränkt dich nach wie vor, daß Fechner deinen Vater besser gekannt hat als du, daß er sein Partner war in der Fiktion und diesen Brief von ihm bekommen hatte. Doch die größte Kränkung bleibt, daß das Vertrauen deines Vaters in seinen Freund am Ende gerechtfertigt war.

»Even from a distance it strikes the eye by the grandeur of its exterior«, liest du in dem Original-Hotelprospekt aus dem Anhang deines Vaters (MS 53), »although completely open on all sides, it is at the same time thoroughly sheltered from cold winds, and stands on a healthy site, occupying the most beautiful and climatically favoured spot in Bordighera, in the midst of lovely park and garden grounds, 80 feet above the sea, 10 minutes' walk from the railway station, and on the charming, dust-free Strada Romana, the old Roman road.«

Du tust dich unerwartet schwer mit der Übersetzung dieser Werbebroschüre, die den Ruf Bordigheras als »Paradies der Engländer« so melodisch eloquent unterstreicht. Das Lob auf das Hotel und sein »schon aus der Ferne ins Auge springendes« Erscheinungsbild, auf die »nach allen Seiten vollkommen offene und zugleich durchweg geschützte« Lage und den »vom Klima am meisten begünstigten Standort in Bordighera«, all das klingt auf Deutsch falsch und äußerst fragwürdig. Es gibt gewisse Dinge, die kann man nur auf Englisch sagen – wie anders ließe sich eine alte römische Straße in einem Atemzug als »bezaubernd« und »staubfrei« bezeichnen?

Doch die angekränkelte englische Oberschicht, an die der Prospekt sich wendete, dachte bei italienischen Straßen offenbar an staubige, holperige Feldwege. Ein freistehendes, »offenes« Gebäude war für sie gleichbedeutend mit »zugig«, weshalb der Hinweis nicht unterbleiben durfte, daß an diesem »gesunden« Hang keine »kalten Winde« wehten. Giovanni Ruffini wird in der Broschüre zwar nicht namentlich erwähnt, doch der Tonfall und so manche Formulierung scheinen dem Roman entlehnt zu sein. Vermutlich setzte der Verfasser die Lektüre von »Doktor Antonio« als bekannt voraus und beschränkte sich darauf, die schwülstige Schönheit von Ruffinis Landschaftsbeschreibungen anklingen zu lassen.

Der nächste Absatz widmet sich etwas prosaischer den Vorzügen des Interieurs und schildert den Komfort der sechs Stockwerke mit ihren breiten Marmortreppen, Aufzügen und Suiten. Es kommt dir vor wie ein Refrain aus Kindertagen, daß auch der Verfasser des Prospekts nicht vergißt, die moderne Heißwasserversorgung und Zentralheizung des Hotels hervorzuheben.

Im dritten und letzten Absatz verfällt er angesichts des weitläufigen Parks und seiner reichen, tropischen Vegetation wieder in den schwärmerischen Ruffini-Ton: »The magnificent park and garden grounds of the hotel, with their orange and lemon groves, their superb groups of palms and their luxuriant tropical vegetation, embrace an area of no less than 8.5 acres. The hotel possesses a private supply of drinking water derived from an excellent mountain spring. Tuberculous sufferers cannot be received.«

Beim letzten Satz, der fast schon zum Kleingedruckten zu gehören scheint, stutzt du. Daß Tuberkulosekranke ausdrücklich keinen Zutritt haben, dürfte vor allem zur Beruhigung der übrigen Kurgäste gedacht gewesen sein, die nicht riskieren wollten, daß ihre mitunter eingebildeten Krankheiten durch Ansteckung allzu real wurden. Dennoch erstaunt dich die kategorische Schärfe dieser Regelung, so kurz nach dem Tod von Christian Garnier, dem schwindsüchtigen Sohn des Meisterarchitekten, dem die Stadt mehr als nur eines ihrer markantesten Bauwerke verdankt. Ohne seine Tuberkulose hätte es nie eine Villa Garnier am Capo San Ampelio gegeben, und ohne die Villa Garnier mit ihrem einsamen, hoch aufragenden Turm, in dem der Junge vergeblich auf Heilung hoffte, hätten sich Raphael Bischoffsheim, Charles Bicknell, Adolf Angst und all die anderen großen Männer des neuen Bordighera vermutlich nie zu Füßen des kleinen, mittelalterlichen Fischerdorfs niedergelassen.

Die wunderbare Lage, das milde Klima und die gesunde, jodhaltige Meeresluft konnten das Leben des Jungen nicht retten, sondern nur um kurze Frist verlängern. Insofern war der Bau der Villa nicht völlig vergeblich gewesen. Nach dem Tod seines ersten Sohnes hatte Charles

Garnier es stets als seinen größten Wunsch bezeichnet, nie wieder ein Kind von sich sterben sehen zu müssen, einen solchen Schmerz könne er nicht noch einmal ertragen. Christians Zustand aber verschlimmerte sich zusehends. Garnier mußte sich darauf gefaßt machen, ein zweites Mal dem Tod eines eigenen Sohnes gegenüberzustehen, und doch ging sein Wunsch in Erfüllung. Jean Louis Charles Garnier, Frankreichs Generalinspekteur für zivile Baukunst, starb am 3. August 1898 an einem Schlaganfall in seiner Pariser Wohnung, wie dein Vater kommentarlos im biographischen Teil seines Anhangs vermerkt (MS 17). Nur einen Monat später, am 4. September 1898, ergab sich sein Sohn Christian seinem Leiden.

»Tuberculous sufferers cannot be received.«

Wenn du dich entschließen würdest, einen Roman über das *Hotel Angst* zu schreiben, wäre das der Beginn. Du würdest die Geschichte eines Städtchens erzählen, das der Schwindsucht seinen Aufstieg und Reichtum verdankt, einer Krankheit, die anfangs als vornehm und künstlerisch galt, dann aber, weil der Tod sich zur Mode nicht eignet, verbannt und verleugnet wird, samt ihrer Opfer. Du würdest erzählen von einem rastlosen, getriebenen Charles Garnier, der in der Abgeschiedenheit von Bordighera die Stille der Genesung sucht, sie findet und zerstört. Es wäre die Geschichte eines Mannes, der in seinem

Schaffensdrang, in seiner Sehnsucht nach Unsterblichkeit immer deutlicher die Angst vor dem Tod spürt – vor seinem eigenen und dem seines Sohnes. Er weiß, daß es an der Zeit wäre, sich zu besinnen, kann aber nicht damit aufhören, Leute und Leben um sich zu scharen, ein Besessener, der sich immer rückhaltloser verausgabt, immer schneller lebt und immer fieberhafter arbeitet, so als müßte er sich mit allem auf der Welt beeilen, um noch vor seinem Sohn abzutreten. Und du würdest ihm Adolf Angst gegenüberstellen, den nüchternen, vorausschauenden Unternehmer, der den Traum des Architekten und dessen Todesangst sehr wohl kennt, aber einen kühlen Kopf behält, denn er sieht, daß Garnier, der Geniale und Gejagte, nicht nur vor seiner Angst davonläuft, sondern auch von ihr beflügelt wird, daß sie nicht nur der Dämon seiner ewigen Unruhe ist, sondern zugleich seine eigentliche Inspiration – zwei Seiten derselben Medaille. Du bräuchtest all diese Puzzlestücke nur zusammenzusetzen, um zu dem entscheidenden Moment zu kommen, 1887, im Jahr des großen Erdbebens von Bordighera, als Angst im Angesicht der Katastrophe, der Trümmer und des Todes um ihn herum die Eingebung seines Lebens hat und den Bau des Hotelpalastes beschließt, der ihn unsterblich machen sollte durch den Namen, den er ihm gab, diesen oft verlachten, oft mit Kopfschütteln quittierten Namen – den

Namen seiner Familie und der dunklen, zeitlosen Muse der Phantasie.

Angst.

Aber du schreibst nicht, du träumst. Es ist kurz nach ein Uhr mittags, du hast noch keinen Satz aufs Papier gebracht, obwohl du schon seit anderthalb Stunden an dem schmalen Schreibtisch deines Hotelzimmers sitzt mit weniger als einem Meter Abstand zur Wand. Du hast höchstens drei Stunden geschlafen, darauf könntest du es schieben, zwei davon draußen am Strand, bevor es dort zu hell und zu unbequem wurde. Wahrscheinlich hättest du dir vorher eine Flasche Wein genehmigen sollen. So mußtest du dich im Morgengrauen zerknittert und mit steifem Nakken wieder auf dein Zimmer schleppen, wo sich die Gedankenspirale aufs neue drehte und es lange dauerte, bis der Schlaf zurückkam, während auf den Fluren die ersten Stimmen laut wurden und der Bahnhof draußen erwachte. Es sollte nicht dein Tag werden. Du hast dich gewälzt und gewunden, bis sich die Ansagen, die einfahrenden Züge, die verkehrsüblichen Hupkonzerte auf der Straße und die vor deiner Tür aufheulenden Staubsauger in keinen Traum mehr verweben ließen.

Als erste Tat des Vormittags hast du das »Do not disturb«-Schild draußen über den Türknauf gehängt, eine Dusche genommen, zwei Aspirin eingeworfen und mit einer Flasche Diät-Cola aus der Minibar heruntergespült. Du hast dich rasiert, den Schreibtisch leergeräumt, Stühle gerückt, das Fenster geöffnet und gleich wieder geschlossen sowie all die übrigen Ersatzhandlungen und Rituale vollführt, die dem Schreiben vorausgehen. Aber es geht nicht.

Es geht einfach nicht.

Vielleicht liegt sie zu weit zurück, die große Zeit von Bordighera, vielleicht existiert sie nur noch als Märchen oder als Gespenstergeschichte – es war einmal im *Hotel Angst* ... Möglicherweise weißt du auch zu wenig über das Leben der Menschen damals an der Via Romana und in der Villa Garnier, zu wenig über ihren Geruch, ihre Nähe, über die Mühen und Mühseligkeiten ihres Alltags, weil du nur das von ihnen kennst, was der Nachwelt im Gedächtnis geblieben ist, im Gedächtnis bleiben sollte und so oft erinnert wurde, daß es sich vom Wünschen und Erfinden nicht mehr unterscheiden läßt.

Mutlos schiebst du den Stuhl zurück und schlägst einmal mehr das Manuskript deines Vaters auf. Er war ein Träumer, aber kein Erfinder, seine Inspiration war die Vergangenheit und das Gefühl, ihr zugehörig zu sein – mehr als allem anderen auf der Welt. Nichts an seinem Romanentwurf ist ausgedacht, nichts außer der Konstruktion stammt von ihm, sogar bei den Inhaltsangaben der zu schreibenden Kapitel hält er sich meist wortwörtlich an sein Material. Mit der Hingabe eines Sammlers hat dein Vater jede Begebenheit gewürdigt und sortiert – nicht im Sinne einer Chronik, dazu war selbst er jener Zeit schon zu fern, sondern als eine Hommage an das, was war oder gewesen sein könnte. Es ging ihm nicht um sich, um seine Phantasie, sondern um das Phantastische, das dem Vergangenen innewohnte, und seine größte Sehnsucht war, ein Teil davon zu sein.

Doch dir kommt das alles so unwirklich vor, nicht nur die Originalzitate und Berichte, sondern auch die Bilder von einst: das ovale Porträt von Queen Victoria neben einem wappengroßen Abbild des Hotels auf einer der Postkarten, die Adolf Angst anläßlich des bevorstehenden Besuchs der Queen in der Wintersaison 1900/1901 drucken und verbreiten ließ – bis Ihre Majestät wegen des Burenkriegs kurzfristig absagen mußte; oder eine Fotografie von 1913, die das Hotel nach allen baulichen Veränderungen im Zustand der Vollkommenheit zeigt, die Fassade in strahlendem Weiß, die majestätische Fensterfront mit ihrer Eleganz und überwältigenden Größe, der Namenszug auf dem Dach mit seinen stolzen, in den Himmel gestellten fünf Buchstaben. Ist es nicht damals schon, am Vorabend des Ersten Weltkriegs, eine Illusion gewesen, war nicht das *Angst* bereits zu diesem Zeitpunkt eine optische Täuschung?

»Even from a distance it strikes the eye by the grandeur of its exterior«, das Irritierende an dem Ruffini-Ton des Hotelprospekts ist nicht die Übertreibung, sondern daß es offensichtlich genauso war: genauso unglaublich. Und vermutlich bestand darin das Geheimnis des Erfolgs von »Doktor Antonio«, der sich rein literarisch nicht erklären ließ. Ruffinis Schilderungen von Land und Leuten, von fruchtbaren Hügeln und Hängen, von der Gnade des Klimas und dem Reichtum der Natur lasen sich bisweilen wie ein außer Rand und Band geratener Heimatroman – mit dem feinen Unterschied, daß es die »lieblichen« Weinstöcke, »exotischen« Palmen und »atemberaubenden« Aussichten wirklich gab und sie tatsächlich so »lieblich«, »exotisch« und »atemberaubend« waren, wie Ruffini schrieb. Seine begeisterte Leserschaft wußte das oder wollte es zumindest glauben. Sie sah in diesem Buch kein Kunstwerk, sondern einen Reiseführer ins Paradies.

Du blätterst noch einmal zurück zu dem Abschnitt, in dem dein Vater das Erfolgsrezept von »Doktor Antonio« untersucht: den Aufbau der Geschichte, die Figuren mit ihren Schicksalen und ihrem Verschwinden. Doch es überzeugt dich nicht. Sämtliche Kunstgriffe, die Ruffini angewendet hat, sind – soweit du das beurteilen kannst – richtig beschrieben, aber damit ist nichts Entscheidendes über dieses Buch gesagt, nichts über »das gewisse Etwas«, das es zum Wegbegleiter so vieler Italienreisender werden ließ. Sein Geheimnis lag jenseits des Wortes.

Giovanni – John – Ruffini, einst Mitglied der hitzköpfigen nationalen Bewegung »Junges Italien«, mußte aus politischen Gründen nach England fliehen, wo er bis ans Ende seines Lebens blieb, fern der Heimat, in einer vergleichsweise eintönigen Landschaft und einem Klima, das ihm alles andere als zusagte. Auch heißt es, er habe die englische Sprache mehr schlecht als recht beherrscht, weshalb davon auszugehen ist, daß seine Lebensgefährtin Cornelia Turner große Teile des Romans geschrieben hat oder ihm zumindest sehr dabei behilflich war. Doch auch wenn die Worte vermutlich nicht von ihm sind, ist es doch seine Liebe zu Ligurien, die aus jeder Zeile spricht. Es ist die Sehnsucht eines Emigranten, für den es kein Zurück mehr gibt.

Hinter den Schwärmereien und dem Schwulst der Beschreibungen ahnt man das Gefühl des Verlusts, aus dem heraus Ruffini seine Heimat beschwor. Und mehr als alles andere scheint es dieses Heimweh gewesen zu sein, das die Leser von »Doktor Antonio« teilten wie einen Phantomschmerz. Ihre Italiensehnsucht, ihr Reisefieber war nur ein schwaches Echo seines leidenschaftlichen, zur Fiktion verurteilten Wunsches, alles, was er beschrieb, noch einmal wiederzusehen. Viele reiche Engländer und Aristokraten folgten diesem Drang. Sie suchten die gelobten Landschaften auf, während Ruffini nur die Reise in die Erinnerung blieb.

Das Erfolgsgeheimnis seiner ligurischen Romanze – wenn es denn eines gab – war die Kehrseite ihrer sentimentalen Schönheit: das Verstoßensein, die Entwurzelung und die Unmöglichkeit einer Heimkehr. Doch das ist weder eine Frage der Zutaten noch der Rezeptur. Es hat mit Kunst oder Können wenig zu tun und gehört wahrscheinlich nicht einmal in den Bereich dessen, was ein Autor wollen oder wählen kann. Fünf Seiten widmet dein Vater dem Roman von Ruffini – die innere Notwendigkeit, der dieses Buch seine Entstehung und Wirkung verdankt, erwähnt er mit keinem Wort.

Aber es war auch das letzte, worum er sich Sorgen machen mußte, denn die Not und Notwendigkeit des Erzählens verstand sich für ihn von selbst. Von den vielfältigen Voraussetzungen, einen Roman zu schreiben, erfüllte dein Vater vermutlich nur diese eine: Er hatte die Gabe der Besessenheit, er war ein »Genie« der fixen Idee. Und vermutlich fühlte er sich in dieser Hinsicht sogar wie ein Seelenverwandter Ruffinis, wie ein Exilant seiner Zeit. Das *Hotel Angst* war für ihn mehr als nur ein Projekt, es war sein Phantasma, durch das er seinen Weg zurück in die Vergangenheit suchte, er konnte es nicht ertragen, von ihr abgeschnitten zu sein. Dein Vater schrieb – nicht, weil er es konnte, sondern weil er mußte. Er hatte gar keine andere Wahl.

Du aber hast sie. Du glaubst sie zu haben.

Es ist unmöglich, den Traum eines anderen Menschen zu träumen. Man kann versuchen, ihn sich auszumalen, ihn nachzuvollziehen, aber man wird immer eine Spur zu wach sein, um voll und ganz in diesen Bildern zu leben. Selbstverständlich wärest du mehr als bereit, tausendundeine Gespenstergeschichte zu erfinden, um das Hotel vor dem Abriß zu retten oder zu verhindern, daß es in Einzelapartments und Grundstücksparzellen zerstückelt wird, du würdest jederzeit dafür kämpfen, daß dieser alte, erhabene Wahn nicht durchgereicht wird bis in unsere pragmatische Gegenwart, du willst kein *Hotel Angst* ohne Angst – das hast du von deinem Vater. Du wärst ihm gerne gefolgt in seine Obsession, vor der du dich gefürchtet hast, früher. Du wärst gern der Chronist seiner Träume geworden, um dich an ihn zu erinnern mit all der Phantasie, die sein Vermächtnis ist. Doch es kommt dir vor, als würdest du einem Schlafwandler nachsteigen auf Schritt und Tritt. Du siehst die Wege, die er einschlägt, du kannst vielleicht sogar erahnen, was in ihm vorgeht, anhand des Gemurmels, das er von sich gibt, doch du wirst niemals eins sein mit der Quelle, der Unruhe, dem Riß, der ihn umtreibt. Und solltest du tatsächlich selbst anfangen zu träumen, hast du ihn verloren.

Der Abschied von Bordighera verläuft schmerzloser als gedacht. Du wirfst das bißchen Gepäck, das du hast, in den Kofferraum, holst ein letztes Mal tief Luft – milde, jodhaltige Meeresluft – und steigst ein. Mit dem zähen Nachmittagsverkehr schiebst du dich durch die Via Vittorio Emanuele und schwitzt ein bißchen, weil du befürchtest, der Weg hinaus aus dieser kleinen Stadt könnte länger dauern als deine Entschlossenheit. Doch dann gelangst du in kaum befahrenen Serpentinen das Küstengebirge hinauf zur Autobahn, und Bordighera ist nicht einmal mehr eine Ausfahrt.

Um einen Traum lebendig werden zu lassen, muß man imstande sein, seine Einsamkeit zu durchbrechen, man muß das Phantastische in den Dingen aufspüren, die andere, unglaubliche Seite der Wirklichkeit, und sie zum Vorschein bringen. Adolf Angst besaß diese Gabe. Er wußte, daß die Neugier, die uns treibt, das zweite Gesicht der Angst vor dem Tod ist. Er wußte, was er tat, als er dem Hotel, das er allen Zweifeln zum Trotz hatte bauen lassen, seinen Namen gab. Er hat es zu einem phantastischen Ort gemacht und das Leben in seinem Hotelpalast zu einer Inszenierung, zu einem vornehmen, weltabgewandten Schauspiel. Er war ein Strippenzieher, ein Zeremonienmeister der Träume, und seine Gäste – die illustren und jene, die sich dafür hielten – sind seinen heimlichen Fingerzeigen gefolgt, sie haben die Legenden um das *Angst* fortgesponnen und den alten Formen gehuldigt mit ihrem Adel, ihrem Reichtum, ihrem Schicksal, alle sind sie zu Figuren in seinem Werk geworden mit mehr oder weniger großen Auftritten und Abgängen, und auch wenn sie dabei nur an sich, an ihre eigene Rolle dachten, hatten sie Anteil daran, daß sich das Leben im *Angst* in einen unaufhörlichen Kostümball verwandelte, der immer kunstvoller und künstlicher wurde, immer maskenhafter, bis er einem Reigen von Gespenstern gleichkam, einer Geistergesellschaft, einem Totentanz.

Vielleicht ist es ein Trost, daß er es am Ende selbst nicht mehr ertragen hat. Der alte Angst kehrte der Scheinwelt, die er geschaffen hatte, mit den Jahren immer häufiger den Rücken und zog sich am Ende ganz zurück in ein entlegenes Häuschen in den Bergen. Während im *Hotel Angst* die besten Köche weiterhin die exquisitesten Speisefolgen auftischten und seine Gäste in stoischer Disziplin dem Protokoll vergangener Zeiten gehorchten, soll er an einem einfachen Holztisch gesessen haben bei Blutwurst, Sauerkraut und Flaschenbier. Er starb 1922 im Alter von 76

Jahren nach einer der vielleicht größten Tragödien, die einem Menschen widerfahren können: Er hatte seinen Traum überlebt.

»Tuberculous sufferers cannot be received.«

Vielleicht hat Angst zuletzt sogar den kleinen Christian Garnier beneidet, den er wie alle Kranken nach ihm ausgeschlossen hatte von den gespenstischen Vergnügungen seines Hauses und dem Zauber seines Parks, vielleicht beneidete er ihn um seinen nicht nachlassenden Traum. Das Besondere an diesem Jungen war seine unvorstellbare Liebe zur Geographie. Zwar blieb er die meiste Zeit ans Bett gefesselt, bis auf die wenigen Stunden, die er auf dem Turm der Villa ausharren mußte. Doch von den seltenen Ausflügen ins Freie, die ihm die Ärzte erlaubten, war er so überwältigt, daß er einen kleinen Reiseführer durch das Umland verfaßte, reich an Eindrücken, an Einzelheiten, wie sie nur jemandem auffallen konnten, der von allem, was ihm begegnete, im selben Augenblick Abschied nehmen mußte. Es war die wohlbekannte Schönheit Bordigheras, gesehen mit den Augen der Erinnerung, festgehalten mit den Worten eines Jungen, der sehr früh schon wußte, daß er auf dieser Welt nur zu Besuch war.

Einige seiner Schilderungen wurden im Journal de Bordighera abgedruckt, Landschaftsbeschreibungen mit einem überscharfen Blick für die verschiedensten Schattierungen des Grüns und das wechselvolle Blau des Himmels, für die vielfältigen Geräusche und Gerüche der Hänge und Gärten, die er immer wieder durchstreifte in der Tiefe seines Gedächtnisses. Nach Christians Tod fand man unter seinem Bett Aufzeichnungen für ein Buch über die Geographie Europas, einen minutiösen Kartenabgleich von Ländern, Grenzen und Flußläufen, die er niemals zu Gesicht bekommen würde. Viele dieser Landschaften hatte er sehr genau, sehr einfühlsam charakterisiert und ihnen neue, nie dagewesene Namen gegeben. Und dennoch hätte man sich mit seiner Karte auf der Welt zurechtfinden können. Er hatte bis zu seinem letzten Tag daran gearbeitet.

Danksagung

Dank an Peter Neitzke für seinen anregenden Artikel zum »Hotel Angst« im FAZ-Magazin vom 4. Juli 1986. Dank an die Landkommune von Torri Superiore für Unterkunft, Verpflegung und viele Hinweise während der Arbeit an dieser Erzählung. Dank an meinen Vater für die Recherche.

John von Düffel im <u>dtv</u>

»John von Düffels Art zu schreiben ist von meisterhafter Eleganz und berückender Aufrichtigkeit. Er führt keine Geschichten vor, sondern er begibt sich hinein, mit sowohl sprachlicher als auch psychologischer Genauigkeit.«
Undine Materni in der ›Sächsischen Zeitung‹

Vom Wasser
Roman
ISBN 978-3-423-**12799**-8
Die Geschichte einer Papierfabrikantendynastie, erzählt von einem, der wie magisch angezogen immer wieder zum Wasser zurückkehrt. »Von Düffel ist mit diesem Roman ein großer Wurf gelungen.« (Hubert Spiegel in der ›FAZ‹)

Zeit des Verschwindens
Roman
ISBN 978-3-423-**12939**-8
Es gibt über jeden Menschen einen Satz, der ihn zerstört. Niemand darf ihn aussprechen ... »Ein atmosphärisch dichter Roman, ein spannendes Buch, das es schafft, ohne Wertung in die Abgründe einer Seele zu sehen.« (Lydia Hebbelmann im ›Hamburger Abendblatt‹)

Schwimmen
ISBN 978-3-423-**13205**-3
Das Schwimmen: eine Passion. Immer wieder verbinden sich im Wasser Sehnsucht und Angst, Schönheit, Gefahr und Triumph.

Ego
Roman
ISBN 978-3-423-**13111**-7
Ein Turbo-Egoist im Fitness- und Karrierewahn: eine irrwitzige Psychostudie. Rasant, komisch, scharfsinnig.

Houwelandt
Roman
ISBN 978-3-423-**13465**-1
Der achtzigste Geburtstag des Patriarchen soll drei Generationen der Familie Houwelandt nach langer Zeit wieder zusammenbringen. »Wir denken immer, die großen Familienromane können nur die Amerikaner oder Thomas Mann schreiben – falsch: Von Düffel kann es auch!« (Elke Heidenreich in ›Lesen‹)

Hotel Angst
ISBN 978-3-423-**13571**-9
Die Geschichte eines magischen Ortes – Bordighera um die Jahrhundertwende der Belle Epoque.